FAISAL AL SUWAIDI

SOB AS ASAS DOS ANJOS

Traduzido por Isabela Figueira

Ao leitor brasileiro

Estou muito feliz!
Meu romance chega ao leitor brasileiro. Meus textos chegam aos olhos dos brasileiros e são publicados na língua em que Machado de Assis, Jorge Amado e sua esposa Zélia Gattai, Rachel de Queiroz, José Mauro de Vasconcelos e outros grandes autores escreveram.

Meu romance chega ao país de Pelé e do futebol (e esta separação é intencional, porque Pelé é um mundo à parte), ao país do café, da beleza e da natureza, do folclore e dos grandes poetas, ao país da Amazônia, da civilização de grande legado!

Que literatura bonita, que aproxima pessoas, tribos e até continentes, que une apesar dos milhares de quilômetros, apesar dos vastos mares e oceanos, fronteiras regionais, montanhas, das maquinações da política e do flagelo das guerras.

Como é bonito o povo brasileiro! Quando o decano dos viajantes árabes, Sua Excelência Dr. Muhammad bin Nasser Al-Aboudi, que é o homem que atravessou a Terra inteira várias vezes e não deixou de visitar um único país e que vale por mais de mil no gênero literatura de viagem, foi questionado sobre os melhores povos da Terra, ele disse sem hesitar — O povo brasileiro! Ele escreveu treze livros sobre o Brasil (e faleceu em 2022, aos 100 anos).

Quando fiz a mesma pergunta ao meu amigo viajante kuwaitiano Abdul Karim Al-Shatti, que é considerado um dos jovens viajantes mais famosos do mundo árabe, ele deu a mesma resposta.

Agora que meu romance chegou ao melhor dos povos, devo reconhecer que a felicidade se sobrepõe à ansiedade em saber a opinião dos leitores brasileiros, os quais não duvido terem gosto refinado e distinto, esperando que estes encontrem nessas páginas algo que toque seus corações, mentes e almas.

Caro leitor brasileiro, uma saudação perfumada de Dubai! Para concluir, agradeço à literatura que me uniu a você e fez o deserto árabe abraçar a Floresta Amazônica!

Faisal Al Suwaidi, junho de 2023

Dedicatória

Em abril de 1990, enquanto meu pai fazia a oração da noite na mesquita, ocorreu um terrível incêndio em nossa casa em Sharjah. Pela graça de Deus, minha mãe e eu conseguimos escapar das chamas, que devoraram praticamente tudo que apareceu no caminho. Na época deste incidente, eu tinha apenas um ano de idade. Eu só soube disso mais de dez anos depois.

Devido à minha fé inabalável nos anjos da guarda, eu dedico este livro a um anjo em particular que, com o comando de Deus, foi fundamental para proteger nossa pequena família. Se não fosse por essa intervenção divina, eu não estaria hoje escrevendo esta obra para meus estimados leitores.

Primeira Parte

Autobiografia de uma aldeia

I

Capítulo I... mais ou menos

Ele tinha uma capacidade surpreendente de extrair o melhor das pessoas más e o melhor das almas malignas. Fora isso, ele era uma nulidade.

Foi durante uma investigação de rotina que o inspetor Jaber ouviu esse elogio. Até seu último suspiro, essas palavras ficariam gravadas em sua memória, como se tivessem sido marcadas em brasa em seu pescoço.

Reportagem Inédita sobre a Aldeia[1]

No interior do Golfo, havia uma cidade em rápido desenvolvimento, cujos trechos mais externos passavam por um conjunto de montanhas. Aninhada entre as dobras de uma destas montanhas, havia uma pequena aldeia habitada por algumas centenas de pessoas, uma mistura heterogênea de idosos e jovens.

Os homens desta aldeia destacavam-se pelos seus longos bigodes e barbas espessas, bem como pelo estilo quase idêntico de se vestir. Para exemplificar (para fins de argumentação ou imaginação), quando um destes aldeões cometeu um crime, uma testemunha ocular de outro povoado foi à delegacia de polícia para relatar o incidente.

Quando o policial de plantão pediu que ele descrevesse o "criminoso", o estranho forneceu os seguintes detalhes:

Uma pessoa de estatura mediana, bem constituída, de ombros largos, mãos grosseiras, olhos penetrantes, bigode farto e barba despenteada, trajando túnica branca e turbante colorido...

Devido às descrições coincidentes, o policial acabou emitindo um mandado de prisão para 70% dos habitantes do sexo masculino!

---

[1] Essa reportagem foi planejada para aparecer no suplemento cultural de uma revista local em 2014. Ela deveria ter terminado com uma pergunta sobre o significado do nome da aldeia, com prêmios simbólicos para as melhores respostas. Devido às questões editoriais, no entanto, o editor da revista resolveu arquivar a reportagem. Alguns anos mais tarde, durante o inventário dos arquivos, ele se lembrou de sua existência e pensou em publicá-la apenas para descobrir que as informações da reportagem não eram mais relevantes.

Robustos e resistentes, esses homens davam a impressão de serem esculpidos nas próprias montanhas que cercavam sua aldeia. Como diz o ditado, "Os seres humanos são subprodutos de seu ambiente". De fato, os homens desse lugarejo, duros, brutos e robustos, pareciam ter nascido das rochas e descido das nuvens. Eles eram companheiros íntimos do céu e descendentes das nuvens, bem como os leões e os tigres que vagavam pelo local.

Apesar dos grandes esforços do governo, a taxa de alfabetização entre as mulheres da aldeia não passava de 20%, embora a maioria delas tivesse nascido na década de 1990, ou até mesmo depois.

Mesmo com o passar do tempo, a maioria das mulheres continuou a preservar os costumes herdados. Nunca saíam de casa sem vestir o modesto toucado e a tradicional burca, sob a qual se podiam vislumbrar as suas túnicas bordadas com formas geométricas, motivos antiquados e coloridos, desprovidas de figuras ou imagens reais. Se alguma das mulheres da aldeia ficava sem alimentos básicos, elas não tinham vergonha de sair a pé, à noite, para pegar emprestado um pacote de sal ou uma xícara de açúcar dos vizinhos, sem se preocupar com a perda de *status*, aparência de modernidade, ou com os arranha-céus a poucos quilômetros de distância. Essas mulheres priorizavam a intimidade, mantinham um senso de proximidade e quebravam barreiras. Quanto ao artifício da cidade, elas haviam cuspido em seu rosto há muito tempo.

Qualquer mulher dessa aldeia com mais de trinta anos possuía um rifle carregado com balas verdadeiras. Tal arma de fogo nunca saía de sua mão coberta de hena em idas à mercearia ou a caminho das vizinhas para uma fofoca aconchegante ao meio-dia. Uma visão familiar, o rifle era um companheiro de confiança para essas mulheres, mesmo quando buscavam seus filhos na escola solitária que enfeitava o povoado. Composta por duas alas, uma para meninos e outra para meninas, a escola local abrangia todos os anos escolares, desde o berçário até o Ensino Médio, e era composta, em sua maioria, por professores da capital. Quanto ao fenômeno do rifle, ele relaciona-se ao medo que essas mulheres tinham de vários animais que vagavam pelas montanhas, como abutres e outras aves de rapina, hienas, lobos e raposas. Os abutres eram vistos, quase sempre, voando ou caminhando na terra, estabelecendo uma afinidade com seu ambiente montanhoso e com os aldeões, como se pertencessem a uma família; no entanto, foi considerado aconselhável ter cautela. Os nativos dessa região eram criaturas estranhas, semelhantes a chacais com pernas de cervo e olhos de coruja, a quem os moradores haviam nomeado de *makhbous*. Embora essa besta tenha desaparecido de vista há pouco tempo, rumores de sua existência atraíram a visita de um grupo de ornitólogos, que instalou várias câmeras nas proximidades na esperança de dar à criatura um nome científico e registrar qualquer avistamento em revistas acadêmicas. No entanto, após quatro anos de monitoramento infrutífero, os cientistas desistiram e foram para casa.

As mulheres armadas do povoado estavam prontas para enfrentar qualquer intruso, embora nenhum bandido em potencial ousasse entrar furtivamente em uma aldeia povoada por tais formidáveis guerreiras.

Conservadoras, religiosas, corpulentas e frugais, essas mulheres estavam bastante satisfeitas com as escassas pensões pagas aos seus maridos, muitos dos quais haviam servido como oficiais na capital antes de se aposentarem em suas aldeias, ou com os salários mensais que eram concedidos pelo governo. De sua parte, os homens estavam igualmente satisfeitos com sua sorte na vida, sem aspirar a nada mais.

A aldeia estava impregnada com a fragrância distinta de gordura de *oud*.[2] Qualquer pessoa que se aproximava do local, experimentava uma sensação quase mística, como se a brisa perfumada da noite exalasse o sopro de almas bondosas que haviam atravessado para o além, após a morte.

O que caracterizava esse povoado era o forte senso de união, onde o dígito "1" não tinha associações com competição. Lá, havia apenas uma coisa de cada: uma mesquita, renovada em 2012, um hospício, uma delegacia na extremidade da montanha, uma mercearia, uma alfaiataria, uma barbearia, um açougue e um cemitério. Administrando esses lugares estava um grupo de montanheses que enfatizou sua falta de cone-

---

[2] *Oud*, em tradução aproximada do árabe, é uma madeira perfumada, escura e resinosa (agarwood), que cresce predominantemente no sudeste da Ásia e da qual se extrai um óleo de grande valor comercial. É o termo árabe para o incenso que é derivado de agarwood, conhecida em inglês como madeira Aloes. É a madeira mais cara do mundo, que adquiriu valor em muitas culturas por sua fragrância diferenciada.

xão com a cidade dispensando placas e licenças. Uma vez que esses estabelecimentos não tinham nome oficial, a esposa apenas pedia ao seu esposo que fosse buscar um pouco de leite na loja de "Nasser" ou que passasse por "Aysha" para pegar alguns grãos de café.

    Nessa aldeia, ninguém falava sobre os clubes de futebol Barcelona ou Juventus, ou sobre Óscares, contas bancárias de grandes apostadores, petróleo Brent, Boko Haram, a vitória dos democratas, Bollywood, *ranking* de tênis, nomeações para o Booker Prize, furacões com nomes de mulheres, incêndios florestais, novas companhias aéreas, queda de ações, germes em maçanetas e carrinhos de compras, ou verificação de contas no Twitter. Em vez disso, a conversa girava em torno do declínio da produção de ovos, do nascimento de um cabrito, da compra de um novo bode, da captura de uma coruja, ou do avistamento de um lobo. Simplificando, as conversas dos aldeões limitavam-se a seus assuntos e apenas isso. Eles também gostavam de discutir sobre as doenças, remédios prescritos para os membros da comunidade e curas tradicionais envolvendo a aplicação cuidadosa de ferros quentes nas partes afetadas do doente. Problemas com os rins, estômago, coração, veias, cólon, músculo posterior, joelho, membros ou qualquer outro órgão do corpo eram outro ponto de discussão. O mais popular de tudo: os aldeões nunca se cansavam de tópicos relacionados a futuros casamentos, acompanhados de muitos sorrisos indulgentes, sinceros votos de felicidade, bênçãos, felicitações e orações pelos noivos.

Nessa terra, as crianças eram criadas a partir da perspectiva da comunidade como unidade. Quando se comportavam mal, diziam aos jovens coisas como "Eles não fazem isso"; quando tentados a violar as normas sociais, adolescentes eram reprimidos com "Eles não se envolvem com isso". Como resultado, os jovens chegavam à idade adulta sem nunca saber a quem se referiam os pronomes "eles" ou "deles" ou "quem" estava sendo punido por "quem". Esses pronomes estavam destinados a permanecer sob a égide de termos gramaticais abstratos.

A geração mais velha era bem versada em religião. Apesar de serem analfabetos, a maioria dos homens e mulheres do grupo memorizou, ainda na infância, partes do Alcorão Sagrado nos círculos de memória da mesquita de *Kuttab*. Eles também tinham conhecimentos rudimentares de aritmética e eram familiarizados com versos da poesia árabe, habilidades também aprendidas na mesquita, uma construção que existia na aldeia há mais de cem anos. No cuidado dessa mesquita, ao longo dos anos houve uma sucessão de xeques, homens islâmicos sagrados, geralmente anciãos locais, embora alguns venham de outras cidades. Membros dessa geração também eram famosos por sua visão aguçada e memória clara, talvez em harmonia com o ar revigorante e a clareza imperturbável de espírito e pensamento. A maioria deles tinha uma capacidade de imaginação notável, afinada com a ampla extensão do horizonte que contemplavam e a tranquilidade da noite, através da qual a lua cheia navegava a cada mês. Além disso, os aldeões ficavam muito satisfeitos com o distanciamento da agitação da cidade e com a imersão na natureza. Alheios ao Google Maps, eles buscavam a orientação das estrelas, rastreavam pegadas e confiavam em pontos de referência naturais.

Como ainda não havia postes de iluminação, quando anoitecia o povoado parecia um retrato iluminado pelo luar. Na quietude e serenidade da noite, a terra parecia ganhar vida. Criaturas noturnas saíam de suas tocas, sem medo, para realizar suas várias atividades, enquanto a luz fraca das lanternas predominava, brilhando suavemente nas casas dos aldeões. Os raios que irradiavam dessas lanternas assemelhavam-se a cílios lustrosos de menininhas, ternas como mães banhando a aldeia adormecida com sua luz radiante.

Antes que a nova geração viesse ao mundo, algumas famílias de diferentes origens estabeleceram-se na aldeia. Elas ajudaram a formatar pequenas atividades comerciais, abrindo algumas lojas administradas pelos maridos, enquanto as esposas auxiliavam as mulheres em obstetrícia, usando métodos mais fáceis e avançados em comparação com as práticas existentes. Esses recém-chegados possuíam também poderes bizarros de adivinhação, que os aldeões viam com desconfiança.

H. A. A., uma das aldeãs mais velhas, referia-se a essa época como um período de trevas na história do povoado, uma vez que a associava a memórias perturbadoras e amuletos inquietantes. Ela relata o seguinte:

Eu tinha 14 anos, uma idade normal para casar naquela época. Na verdade, eu estava um pouco atrás de meus primos no quesito casamento. Foi em uma reunião social que uma das recém-chegadas me viu. Ela ficou olhando para meu olho esquerdo, então começou a murmurar algumas frases estranhas e palavras desconhecidas. Depois disso, ela me deu a boa notícia de que logo me tornaria uma noiva. Sorrindo com malícia, ela sussurrou em meu ouvido esquerdo que eu teria três sete meses incompletos e três nove meses completos, mas sem sucesso. Quando pedi a ela que me explicasse, ela disse que eu sofreria três abortos espontâneos em meu sétimo mês de gestação e depois daria à luz três meninas, que morreriam ainda crianças. O restante de meus filhos e filhas sobreviveriam. Depois de me dizer essas profecias, ela foi embora. Fiquei bastante abalada, não ousei contar a ninguém o que ela havia me dito. Não passou de uma semana quando um pretendente chegou, e não passou de um ano quando os abortos previstos aconteceram, um após o outro. Quatro anos depois, a mesma mulher foi minha parteira e me ajudou a dar à luz o meu bebê. Os sete talismãs que ela estava usando pareciam aqueles que víamos afixados nas portas pintadas de preto das casas dos recém-chegados. Estes fixaram os mesmos talismãs no casco es-

querdo das ovelhas que criavam. A menina que dei à luz morreu dormindo com poucos meses de idade, seguida por sua irmã, que foi levada por uma febre doze meses depois, enquanto a terceira criança morreu da peste que atingiu a aldeia naquele ano e que quase tirou minha vida também. Entretanto, aqui estou diante de vocês agora, abençoada com doze crianças saudáveis, três das quais são meninas.

Para lhes dar crédito, a presença dos recém-chegados em nossa aldeia marcou uma mudança para melhor em termos de facilitação do parto. Independentemente de qualquer benefício, os rumores sobre as excêntricas mulheres continuaram a circular, em especial entre os anciões locais. Tais rumores eram salpicados de verdades e exageros, mas seja qual for o caso, o fator comum era um forte sentimento de aversão por seus presságios sinistros, talismãs de cor escura, língua estranha e modos sombrios.

A incapacidade dos aldeões de se dar bem com os forasteiros, combinada com um sentimento coletivo de mau presságio (sobretudo por parte das mulheres), pode ter fornecido ímpeto para expulsá-los da aldeia. Após um breve prazo para a saída dos forasteiros, doze famílias (treze, segundo outro relato) acabaram deixando o local para sempre. A única exceção foi um homem em situação financeira precária que estava praticamente confinado em casa e morreu solteiro alguns meses depois.

Observaram-se algumas mudanças nos filhos da nova geração, alguns dos quais cursaram Ensino Superior na capital e em outras localidades mais desenvolvidas. Essa parte da população instalou aparelhos de televisão, embora os rádios mantivessem sua popularidade. Antenas parabólicas, *smartphones* e carros de última geração começaram a aparecer nas estradas empoeiradas, substituindo os meios de transportes antiquados que lembravam a cidade cubana de Havana.

Roteiro (2010)

Não havia nada de estranho na aldeia. Todos os aldeões tinham algum tipo de parentesco — primos paternos e maternos, parentes por afinidade e parentes próximos. As poucas exceções (não mais que 2%) eram as esposas originárias da cidade com quem os aldeões se casaram, por um motivo ou outro. O cenário social dominante obrigou essa pequena minoria de mulheres a se misturar e, seja por força, seja por escolha, a adotar seus costumes, festividades e maneira de falar. Elas se tornaram tão hábeis em abraçar esses novos costumes que um estranho era incapaz de dizer a diferença entre alguém que veio de fora e um aldeão nativo.

Com o passar dos anos, o governo central fez várias tentativas de dar um nome à aldeia, todos firmemente rejeitados, como se os habitantes transmitissem a seguinte mensagem: "Somos a única aldeia. Todas as outras são apenas terras. Apenas nós nos destacamos. O resto são nulidades que os senhores podem nomear como quiserem. O que é conhecido não pode ser nominado".

Entre as formidáveis e icônicas figuras locais, dois indivíduos se destacaram: o inspetor Jaber e seu irmão, o emir Abdel Malak (que herdou o título de seu pai). As únicas funções desempenhadas por Abdel Malak foram receber o representante do governo central em sua visita regular à aldeia e tratar de questões técnicas. Em uma dessas visitas, em 2010, Abdel Malak se queixou da preguiça da nova geração comparada com a anterior. Em resposta, o governo encomendou a construção de um campo desportivo com capacidade para 30.000 espectadores. Essa decisão, que surpreendeu a muitas pessoas, pois não havia clubes desportivos no lugarejo, levou a crer que o governo estava agindo de forma estratégica. Outra diretiva foi emitida para a construção de uma passarela exclusiva na encosta da montanha, medindo 5,4 quilômetros de uma ponta a outra. Essa passarela foi aberta ao público naquele mesmo ano, enquanto a inauguração do campo desportivo foi adiada por vários anos.

Num instante, a nova passarela se tornou o lugar favorito de dois meninos, Marzouk, o filho do inspetor, e Aref, o filho do emir, que eram primos e vizinhos de porta. Com seus corpos esguios, pelos faciais recém-brotados, tez bronzeada e constituição semelhante, os primos pareciam ter sido esculpidos no mesmo bloco. Um dia saíam com roupa desportiva, no outro usavam a tradicional *kandoura*,[3] conforme preestabelecido por eles.

Era nessa passarela que a maioria de suas conversas aconteciam. A única pessoa de quem Marzouk se sentia próximo era de Aref, seu companheiro desde a infância. Na verdade, Aref foi a única pessoa que conseguiu demolir a barreira que Marzouk colocou entre si e as pessoas, especificamente quando ele completou sete anos. Antes dessa época, Marzouk era considerado um tipo de criança prodígio: a aldeia toda se mara-

---
[3] *Kandoura* ou *thobe*: é a túnica usada pelos homens, que deve cobrir o corpo todo.

vilhava com quão cedo ele falou, sua habilidade de memorizar nomes, poemas, versos do Alcorão, bem como sua inteligência social. De repente, porém, o menino passou por uma completa transformação, tornando-se retraído e evitando eventos sociais de qualquer natureza. Ninguém soube a exata causa dessa mudança. Havia especulações gerais de que o menino havia sido vítima de mau-olhado lançado por algum desconhecido.

Passados sessenta e nove dias da inauguração da passarela, calculados com precisão por Aref, seguiu-se a seguinte conversa, traçando a vida dos dois amigos que não tinham mais que 15 anos na época:

Marzouk: Você está muito quieto, meu amigo.

Aref: Estou pensando.

Marzouk: Em quê?

Aref: Estou me perguntando sobre todos os restos mortais enterrados abaixo desta passarela. Ossos em decomposição, crânios esmagados, pássaros, sementes, pele de animais, cabelos, as cidades esquecidas ao longo de décadas, gerações, séculos e eras inteiras. Todos aqueles jovens que pensaram que viveriam cem anos, mas morreram no auge da juventude, e todos os velhos que pensaram que nunca passariam dos quarenta, mas viveram até uma idade avançada. Todas as mulheres, novas e velhas, e o gado. Todos os pensamentos não ditos e reivindicações não auferidas enterrados sob essa terra... ah, tantos. Tudo isso acabou como combustível? Debaixo desta terra, existem restos mortais de pessoas de diferentes civilizações que viveram antes de nós e que não se assemelham a nós em nada? Eles eram líderes nessa terra antes de serem exterminados? Podemos afirmar que somos os filhos deste local agradável, ou, na verdade, somos invasores que tomaram a terra de outra pessoa?

Marzouk: Como você é esperto, primo! O que você sonha em se tornar um dia?

Aref: Um escritor com um coração apaixonado.

Marzouk: Essa é uma inspiração digna de você.

Aref: E você?

Marzouk: Um inspetor de polícia, como meu pai.

Aref: Estamos nos aproximando de Moza bint Mourad. Hoje é seu dia de cumprimentá-la. (*Os dois primos se revezavam nesse ritual.*)

Marzouk: Que a paz e as bênçãos estejam com você, mãe.

Moza bint Mourad: E que a paz esteja com vocês, meninos.

Moza bint Mourad

Seu nome verdadeiro era Martiza Maradona, uma boliviana-americana, membra de uma expedição de perfuração de petróleo liderada por seu marido, que atuou como consultor sênior (ou assim ela afirmava), e que chegou ao Golfo em 1975. Quando ele morreu, em 1977, estimava-se que estava com 70, 90 ou 99 anos, de acordo com diferentes relatos.

Por ser oriunda da região elevada dos Andes, com seus baixos níveis de oxigênio, Martiza idolatrava lugares altos e cumes de montanhas. Durante suas visitas ao Golfo, ela aproveitava seus momentos de lazer para explorar as montanhas, munida de mapas antigos e movida por sua paixão de longa data.

Quando eles se perderam em uma dessas visitas, ela e seu marido encontraram um aglomerado de árvores de moringa nativas daquela área montanhosa. Atrás dessas árvores, o casal (ou melhor a esposa) avistou o que parecia ser uma criatura viva. Cheia de emoção, ela esfregou os olhos e descobriu que ela havia deparado com homens e mulheres de carne e osso, fazendo-a sentir-se como se estivesse entrando no Jardim do Éden.

Vários meses antes, ela havia se familiarizado com o tecido da região e demonstrou um profundo senso de afinidade por ele. Seu espírito alegre e natureza amigável a fizeram tomar a iniciativa de cumprimentar as mulheres da aldeia que ela acabara de conhecer, sentindo que essa era a chance de se unir como membro feminino neste local quase esquecido e intocado. Abraçando as mulheres com verdadeiro calor caribenho, ela podia sentir a resposta alegre e receptiva, apesar da ausência de uma linguagem compartilhada. Em vez disso, elas se comunicaram por meio de gestos, linguagem de sinais e sorrisos, marcando o início de um novo capítulo em suas vidas.

Nos seis meses seguintes, Martiza adquiriu o hábito de tomar café ao meio-dia com as mulheres da aldeia, quase diariamente. Graças a essas interações, ela aprendeu o básico para se comunicar em árabe, ou melhor, no dialeto da região. Enquanto ela dirigia para lá e para cá o veículo de seu esposo, olhos saltaram das órbitas ao verem uma mulher conduzindo um veículo, uma ocorrência lendária para aqueles tempos que gerou espanto e especulação na comunidade. No entanto, esse furor acabou diminuindo quando os aldeões se familiarizaram com seus costumes. Ela nunca voltava para casa, para seu marido, sem uma variedade de presentes simples em sua mochila. Essas oferendas incluíam hena, tâmaras, um pouco de café, caldo de peru, artigos femininos variados, tecidos para homens e coisas do gênero. De vez em quando, ela presenteava as mulheres com itens de seu país natal, como faixas coloridas, tecidos e bordados que agradavam aos olhos.

Devido à dificuldade de pronunciar seu nome que o dialeto áspero da montanha impunha, os aldeões escolheram o equivalente árabe mais próximo: "Martiza" se tornou "Moza" e "Maradona" evoluiu para "Mourad". Em um piscar de olhos, sem querer ela se viu renomeada como "Moza bint Mourad".

A princípio, com a aquisição de seu novo nome, passou a gostar dele e por consequência da própria comunidade. A primeira coisa que a atraiu nos aldeões foi seu senso de moralidade sã (ou integridade moral, como ela chamava). Observadora perspicaz, ela notou a restrita interação entre homens e mulheres não relacionados diretamente um ao outro. De acordo com princípios religiosos, normas sociais e costumes tribais, as relações intersexuais eram limitadas ao contexto do casamento, longe do olhar público, conforme ordenado por Deus e seus Profetas. Essas regras também exigiam que, durante encontros casuais nas estradas ou nas portas de casa, os homens olhassem para as mulheres com um olhar casto e protetor, em vez de oportunista. Ela também notou que a maioria, senão todos os homens locais, considerava as mulheres da aldeia como uma irmã, mãe ou filha cuja honra eles tinham o dever de salvaguardar. Por mais que essa percepção parecesse estranha para Martiza, ou melhor, Moza, de alguma forma, tocou seu coração. O mais fascinante de tudo, apesar da distância geográfica de mais de 14 000 quilômetros, ela encontrou uma certa semelhança entre a aldeia e sua terra natal, a Bolívia, em termos de lendas e contos populares.

Lendas e contos populares

Em algumas partes da região do Golfo, lendas e contos populares fazem parte da vida cotidiana. Temas comuns incluíam tratar os pais com bondade e demonstrar sinceridade e honestidade ao lidar com os outros.

O entrelaçamento entre fato e ficção era tão intrínseco nessas histórias que nem mesmo a mente mais inteligente poderia distinguir o fantástico do real. Nessa aldeia em particular e em suas contrapartes vizinhas, lendas e contos populares dominavam a vida da comunidade.

Entre as histórias mais narradas estava a de Aly bin Rashed, cuja cabeça foi transformada em uma cabeça de burro na hora do jantar como punição por criticar em voz alta a comida que sua mãe serviu no café da manhã. Outra história era sobre Afraa, a Muda, que mentiu para seu irmão ao meio-dia e foi punida à noite com vermes comendo sua língua e privando-a de falar. Além disso, Haroun bin Rashed, um dos anciãos da aldeia e ex-segurança do hospital, jurou que, sessenta anos antes, tinha visto com seus próprios olhos um enorme monstro carregando os filhos de Omran, um homem que já havia cometido perjúrio duas vezes. Haroun relatou que nunca esqueceria a visão dolorosa das perninhas das crianças penduradas nas costas do monstro enquanto subia para o céu ao nascer do sol, antes de desaparecer atrás do disco solar, confirmando que as crianças nunca mais voltariam, o que causou a morte de seu pai apenas meses depois. De acordo com uma história contada por uma centenária chamada Hamama (era seu verdadeiro nome, não um apelido), que, apesar de sua idade avançada, ainda tinha uma memória afiada e uma visão aguçada, cerca de noventa anos antes, em seu caminho para buscar água no poço para o pai, ela teve uma conversa com uma hiena. Esta hiena contou a Hamama que ela viveria para ser a segunda pessoa mais velha do lugar. Desde aquele dia, Hamama se encheu de um desejo ardente em saber quem ocuparia o primeiro lugar no *ranking* de longevidade.

Um incidente que Martiza testemunhou dizia respeito a um sujeito chamado Obeidan, o Louco ou o Motor, como alguns o chamavam, que era uma verdadeira fusão de lenda e realidade. Quando a esposa desse Obeidan desapareceu, em 2002, ele passou vários dias procurando por ela enquanto tanto a polícia quanto os aldeões estavam em estado de alerta máximo. Após alguns dias, um mau cheiro começou a subir de um dos poços. As autoridades foram notificadas, e horas depois o marido fora notificado de que o cadáver de sua esposa foi achado no poço, dissolvido em ácido fluorídrico suficiente para aniquilar um rinoceronte inteiro. O corpo da mulher estava tão decomposto que ela só pôde ser identificada por seu cabelo e roupas. Não foram encontradas pistas que pudessem apontar à polícia um suspeito específico, fato que levou o marido a perder a cabeça.

Ele continuou dizendo a todos que sabia a identidade do assassino. Quando instado a explicar, ele divulgou que sua esposa havia sido morta por um gênio da montanha conhecido por aqueles lados pelo nome de "Inverno Feio" ou *Khasf Al Sabra*. De acordo com Obeidan, esse gênio vinha ameaçando matar sua esposa há vários meses porque ele havia urinado sobre a morada dele na extremidade da montanha enquanto pastoreava seu rebanho de cabras. Uma vez que ele havia cometido essa ofensa sem intenção, Obeidan não levou a sério as ameaças do gênio, embora ele tivesse feito aparições periódicas em seu quarto na forma de uma nuvem azul-escura e emitindo um som de latido abafado.

Então chegou o dia em que ele, descuidado, repetiu a ofensa. Na noite desse mesmo dia, em uma segunda-feira, sua esposa desapareceu. Obeidan relatou que estava quase certo de que o gênio havia estrangulado sua esposa na cama enquanto ele estava na mesquita. Antes de jogar seu corpo no poço, o gênio pegou alguns de seus ossos para fazer um bom jantar a fim de dividir com seus companheiros gênios. De acordo com Obeidan, o próprio gênio veio ao seu quarto para lhe contar toda a história macabra, emitindo risadas zombeteiras de porco antes de partir. Com exceção daqueles que ousaram duvidar da autenticidade das lendas, toda a aldeia estava convencida de que a história era verdadeira.

Logo após a tragédia, Obeidan deixou o povoado e se mudou para a cidade, abandonando sua vida e seu lar. Entretanto, ele costumava voltar uma vez por semana após as orações do pôr do sol, em um carro dirigido por um motorista asiático que o aguardava no veículo. No mesmo poço onde o corpo da esposa foi encontrado, ele gritava o nome da falecida, um bizarro ritual comemorativo que ele executava toda segunda-feira sem falhar. Ele então voltava para o carro após as orações da noite, das quais ele não participava, mas os insanos não são responsáveis por suas ações. Quando as autoridades locais cobriram o poço para proteger homens e animais de quaisquer contaminantes remanescentes, colocando um sinal de alerta sobre o poço e uma ilustração explicativa, Obeidan ficou enfurecido, gritando seus coléricos protestos contra o próprio emir. Em consideração à mente perturbada do homem, o emir ordenou que seu povo removesse a tampa do poço para não interromper o ritual semanal de luto. Ele não tinha dúvidas quanto a possíveis visitantes do poço, a lógica era que se as considerações de segurança não os mantivessem afastados, então as crenças supersticiosas o fariam.

 O choque inicial de Moza com este incidente foi desaparecendo à medida que as estranhas visitas de Obeidan se tornaram parte do folclore semanal da aldeia. Enquanto continuava a lamentar-se, as crianças não lhe davam a menor atenção, nem com um só olhar, nem com um gesto, como se ele não passasse de um inseto moribundo ou de uma placa de trânsito descartada. Dessa maneira, o estranho ritual continuou semana após semana e ano após ano.

 Por ter vindo daquela terra de beleza e vales exuberantes, a América Latina, além da lacuna sombria entre a realidade e a imaginação (ou o que os olhos e o coração veem e o que poetas descrevem), Moza bint Mourad encontrou nessas lendas locais todo um novo domínio, um porto seguro e uma fonte de fascínio sem fim.

Em 1977, após dois anos de relações maravilhosamente próximas e ininterruptas com as mulheres da aldeia, Martiza desapareceu por um mês, deixando-as sem meio de contatá-la. Quando ela retornou, vestida com roupas pretas de luto, ela trouxe a notícia de que seu esposo havia morrido de pneumonia durante uma licença nos Estados Unidos. Dizendo que voltara apenas para se despedir, Martiza foi envolvida em calorosos abraços, palavras de solidariedade, choro emocionado e todas as habituais expressões de conforto. Para sua surpresa, ela recebeu uma oferta que quase todas as outras mulheres do outro lado do mundo teriam recusado se estivessem em seu lugar. As mulheres do lugarejo pediram que ela continuasse para sempre entre elas, especialmente porque ela não tinha filhos, e que dividisse a casa com Hesa, a viúva de Majed, o alfaiate. Juntas elas poderiam formar uma dupla para combater a dor e a solidão. Como as mulheres afirmaram, Moza havia se tornado uma delas, levando-a a aceitar a oferta sem hesitar.

Moza foi direto para a casa de Hesa, sua companheira de viuvez, esterilidade e até de gordurinhas, cujo prazer em recebê-la excedeu a de um trabalhador quando se lhe oferecem um pão quentinho depois de um dia duro de labuta.

Todas as casas da aldeia eram similares. Em comparação com as residências urbanas do mesmo país, eram consideradas atrasadas; contudo, quando comparadas com as moradias nas montanhas de outros países, elas pareciam modernas. Em geral, eram casas de construção mais robusta do que as da cidade. Apesar de terem sido projetadas por graduados de universidades norte-americanas, as casas urbanas eram comparativamente frágeis, tendendo a desabar mesmo com uma gota de água e sacudindo à menor brisa. Casas como a de Moza bint Mourad e as outras casas vizinhas foram construídas pelas mãos de trabalhadores sem instrução, sob a supervisão de pessoas analfabetas, sem conhecimento algum de arquitetura além do nome. Apesar da falta de qualificação formal, as casas nas montanhas passavam no teste do tempo, resistindo com firmeza às forças da natureza, como vento e areia, bem como aos estragos do tempo. Sólidas e inflexíveis, como se fossem de ferro, por fora essas casas eram da cor da areia. As portas eram decoradas com um motivo de bule de café e a bandeira nacional, enquanto seus espaçosos pátios eram pontilhados com uma ou duas palmeiras. Perfumadas com o aroma do incenso árabe, cada casa tinha um pequeno número de cômodos mobiliados com camas antigas, cadeiras e almofadas.

 Moza desejava ter nascido na casa de Hesa, que, aliás, era vizinha de Hamama, a anciã da aldeia.

 Embora mantivesse sua fé cristã, nem por um momento Moza se sentiu uma forasteira, ou uma planta parasita no meio de uma comunidade muçulmana. Ela começou a adotar todos os aspectos do estilo de vida local, copiando a maneira de se vestirem, comendo a mesma comida que comiam e bebendo somente o que bebiam. Ela observava o jejum do Ramadã, quebrando-o na mesma mesa em que as mulheres costumavam se revezar nos pátios, enquanto os homens compartilhavam um Iftar[4] comunitário na mesquita. Ela se juntou à celebração do Eid[5] e esperou até que as mulheres terminassem. Ela compartilhava da alegria deles em casamentos e outras festividades, chorava com eles em funerais e falava algumas palavras durante as visitas de pré-noivado de uma delegação dos parentes do pretendente para avaliar a futura noiva. Depois de um longo e feliz companheirismo, a hora de Hesa se juntar à grande maioria chegou. Ela morreu em paz, durante o sono, à noite, e Martiza encontrou seu corpo sem vida no dia seguinte ao meio-dia. Depois que os aldeões enterraram Hesa naquela mesma tarde, um grupo de mulheres informou Martiza, após a oração do pôr do sol, que haviam decidido por unanimidade transferir a propriedade da casa para ela. Ninguém na terra teria o direito de expulsá-la de casa, de acordo com as regras do povo da montanha. Naquela noite,

---

[4] Iftar (em árabe: إفطار) é a refeição ingerida durante a noite, com a qual se quebra o jejum diário durante o mês islâmico do Ramadã. O Iftar, durante o Ramadã, é feito de maneira comunitária, com grupos de muçulmanos que se reúnem para quebrar o jejum.

[5] O EID AL-ADHA é também conhecido como a "Festa do Sacrifício", pois, para os muçulmanos, é uma celebração em memória da obediência do Profeta Abraão a Deus (Allah) ao aceitar sacrificar o seu filho Isac e da intercessão (misericórdia) de Allah, que colocou um cordeiro no lugar de Isac no momento em que este seria sacrificado.

Moza teve um ataque de choro, após o qual ela caiu em um sono profundo. Olhando para seu reflexo no espelho na manhã seguinte, ela descobriu que havia envelhecido da noite para o dia.

Desde o dia da morte de Hesa, Moza adquiriu o hábito de se sentar em uma cadeira enorme a meio caminho entre a porta e a beirada da passarela. Lá ela ficava sentada por horas, vestida com túnicas escuras, um toucado preto cobrindo metade de seu cabelo (ou melhor, sua peruca) e pescoço enrugado e envolta por lenços pesados e uma roupa externa grossa com fios levantados que pareciam línguas em miniatura, sem as quais ela nunca foi vista em público.

Dessa forma, ela ficava sentada imóvel por horas a fio, sem ler, nem falar, nem cantarolar. Ela nunca falava, a menos que fosse abordada por outra pessoa, como o representante da embaixada, que vez por outra parava para obter sua assinatura em alguns documentos. Até suas visitas às mulheres começaram a diminuir gradualmente. No caminho de ida à mesquita e volta, os homens checavam se ela ainda estava na terra dos vivos, enquanto ela ficava sentada em sua cadeira que se assemelhava a um trono. E então chegou o dia do incidente com o míssil.

O incidente com o míssil

Estava uma noite calma e tranquila como outra qualquer neste lugar isolado do mundo. Porém, às quatro da manhã em ponto, esse senso de normalidade foi abruptamente rompido.

Os aldeões foram acordados de seu sono pelo som de uma poderosa explosão. Armados até os dentes, os homens correram pela noite enquanto as mulheres rapidamente formaram pequenos grupos, amontoadas em suas respectivas portas, esperando ouvir o que havia acontecido na aldeia.

Enquanto isso, os homens viram nuvens de fumaça parecendo vir da direção da casa de Moza bint Mourad. Temendo que a casa dela estivesse em chamas e sua vida corresse perigo, eles seguiram para lá apenas para fazerem uma descoberta chocante!

Eles encontraram estilhaços, vindos, sem dúvida, de um míssil errante; sim, não havia dúvidas sobre isso. Afinal, esses homens receberam treinamento especial com armamentos e podiam reconhecer uma arma mortal quando a avistavam. Felizmente, Moza e sua casa estavam sãs e salvas, a montanha contra a qual o míssil caiu estava intacta e a aldeia estava ilesa. A única coisa que foi sacrificada foi o míssil.

Moza estava tranquila, sentada em seu lugar de sempre, como se os estilhaços de metal em brasa espalhados a poucos metros dela fossem tão somente penas caídas da plumagem de um canário. Eles lhe perguntaram:

"O que aconteceu?"

Tão casualmente como se estivesse comentando sobre sua refeição noturna e sem olhar para ninguém, Moza respondeu:

"O tempo estava bom, então decidi passar as horas antes do amanhecer aqui, na minha cadeira. De repente, um míssil passou zunindo e se chocou contra a montanha, e o que aconteceu, aconteceu."

Quando Abdel Malak, o emir, perguntou se ela tinha se ferido, ela apenas respondeu:

"Como pode ver, continuo como sempre, sem tirar nem pôr."

Abdel Malak, o emir, disse ao seu filho, Aref, que chegou atrasado ao local, que ligasse primeiro para a polícia da montanha e depois para os serviços de emergência da capital no intuito de reportar o incidente. Depois de fazer as ligações, Aref, que era a única pessoa ali que estava com o celular, disse aos homens que o som da explosão havia chegado às autoridades e que elas já estavam a caminho.

Enquanto isso, Jaber foi dar a notícia às mulheres e assegurar-lhes que a amiga Moza estava bem.

Depois de matutar por algum tempo, ele perguntou:

"Me pergunto quem disparou o míssil."

Em meia hora, a equipe de resgate e as forças especiais chegaram ao local. Eles isolaram a área, tiraram fotos e coletaram pedaços dos fragmentos, limpando a área e saindo logo após as orações do amanhecer. O inspetor Jaber os acompanhou durante todo o procedimento.

O oficial superior encarregado da equipe se recusou a fazer qualquer especulação ou qualquer tipo de declaração sobre o incidente. Ele apenas disse aos espectadores que esperassem até que os jornais noticiassem o ocorrido.

Rumores sobre a origem do míssil se espalharam rapidamente, não apenas no lugarejo, mas também por todo o país. Teorias sobre a identidade do perpetrador variavam de um país hostil distante, um país hostil disfarçado de amigo, uma declaração de guerra por parte de países vizinhos para vingar velhos rancores, um inimigo desconhecido apoiado por outro país inconsciente de suas reais intenções, ou um erro técnico de um estagiário novato durante uma manobra militar de rotina. Dado que nenhum mal havia ocorrido à aldeia, ou ao seu povo, parecia haver pouca necessidade de fazer barulho.

Depois de alguns dias, os jornais noticiaram que um míssil havia sido disparado acidentalmente durante um exercício militar. Apesar de ter causado apenas danos insignificantes, sem nenhuma perda de vida, a pessoa responsável pelo erro seria responsabilizada.

No que diz respeito aos aldeões, o caso agora poderia ser arquivado. Os padrões de conversa voltaram ao normal, substituindo toda a conversa sobre o míssil que dominou os bate-papos durante dois dias inteiros, em especial na cafeteria.

A cafeteria do povo

A placa com a inscrição Cafeteria do povo estava pendurada na entrada da cafeteria da aldeia há muitos anos. O nome, retirado de um artigo de jornal, descrevia a cafeteria da seguinte forma:

"Simplicidade é a palavra que define esta cafeteria. As suas dimensões e mobiliário são simples, assim como o proprietário e seus empregados — gente da montanha que herdou essa profissão de seus pais e antepassados."

Todas as manhãs, antes do horário de abertura, o proprietário fazia a seguinte pergunta aos seus sete filhos:

"Qual de vocês está de mau humor hoje?"

Depois de deixar de lado aqueles que admitiam sentir-se para baixo, o proprietário lhes perguntava:

"Qual de vocês está de bom humor hoje?"

O pai então selecionava um dos sete competidores para preparar as bebidas naquele dia. Essa seleção era baseada na ideia de que o estado de espírito de quem prepara a comida e a bebida é refletido no sabor do alimento e, por sua vez, no estado de espírito do cliente, ou seja, aquele que acaba comendo e bebendo esse item. Apesar de simples e ignorante, o proprietário estava, de fato, muito à frente dos especialistas de garantia de qualidade de hoje, com sua excelente educação, padrões exatos e rigorosas inspeções.

Dentro da cafeteria, cercada por algumas cadeiras antigas e funcionários, várias chaleiras repousavam sobre um braseiro com carvão quente. Os clientes faziam o pedido a um dos filhos do proprietário, enquanto outros simplesmente se serviam e pagavam a conta usando um sistema de honra.

    Chá, café e leite eram as principais bebidas servidas. Os condimentos adicionados a essas bebidas incluíam açafrão, gengibre, cardamomo, cúrcuma e outros, de acordo com a disponibilidade. Depois da oração da madrugada, era para a cafeteria que os fiéis se dirigiam, murmurando lembranças de Alá e passando os dedos em suas contas de oração ao longo do caminho. Envoltos em uma atmosfera transbordante de boa vontade e companheirismo, alguns homens se sentavam juntos para conversar, ao passo que outros jogavam dominó no chão até o sol nascer e depois voltavam para casa para o café da manhã com suas famílias. Essa refeição geralmente consistia em pão local ou camadas de massa filo servidas com ovos e calda. Após o café da manhã, os homens saíam para cumprir suas tarefas diárias, como cuidar de suas fazendas, alimentar o gado, visitar o cemitério ou ir até a cidade comprar peixe. Alguns iam mais longe, até a capital da cidade, para descontar sua pensão. Pouco antes do meio-dia, eles retornavam a casa para tomar banho, fazer suas orações e almoçar uma refeição que ora incluía arroz cozido em *ghee* ou caldo de peru, ora peixe. Após tirar um breve cochilo e fazer as orações da tarde, os homens iam à cafeteria, onde permaneceriam até as orações do entardecer, seguidas de um jantar familiar de tâmaras e mel regado a café. Os aldeões iam para a cama logo após o jantar, acordando quando o céu ainda estava escuro o suficiente para não diferenciar um fio branco de um preto.

A hora de dormir para a geração mais velha, incluindo o proprietário, coincidia com o horário em que pequenos grupos da nova geração iam para a cafeteria, logo após as orações da noite. Os jovens que frequentavam o café habituaram-se a ver grupos de turistas enviados pelo governo central, especificamente, desde 2013, para visitarem alguns pontos turísticos, com ênfase na cafeteria, e tirar fotos.

Durante a noite, na cafeteria, os rapazes pegavam seus celulares para ver as últimas postagens nas redes sociais, uma atividade da qual seus pais tinham noções rudimentares. Na verdade, usar celular na presença dos mais velhos era considerado tabu e denotava desrespeito e falta de consideração, por desviar a atenção daqueles com mais experiência e conteúdo.

As conversas da geração mais jovem eram um pouco diferentes das dos mais velhos, girando em torno de comparações entre o passado imponente e o presente agitado, semelhantes aos assuntos que ocupavam as mentes de Marzouk e Aref na passarela.

Um diálogo entre dois gênios

Na época, Marzouk e Aref tinham cerca de 19 anos. A anatomia deles estava naquela fase embaraçosa entre a adolescência acanhada e a estrutura rígida que tipificava os homens da aldeia. Ambos os meninos tinham barbas crescidas, embora a de Marzouk fosse um pouco mais cheia, e bigodes semelhantes aos de seus pais. Os olhos de Marzouk eram salpicados de veias azuis como pequenas cobras, enquanto os de Aref eram como um par de esferas de cristal tão profundas quanto um lago de Andalucía. Depois de ter completado seu treinamento na polícia e ter passado longos meses estudando inglês para passar nos exames, Marzouk estava agora esperando receber a aprovação para ingressar em um programa acadêmico a fim de estudar criminologia no exterior. Aref, por sua vez, ganhara uma bolsa para estudar literatura na universidade da capital. Nas visitas à aldeia, nos feriados, os dois amigos se encontravam na passarela para relembrar seus diálogos que ampliavam a mente durante as caminhadas diárias ou as visitas à cafeteria.

Marzouk: Por que você gosta de começar a caminhada ao contrário? Quero dizer, da placa de 5 418 metros em vez da marcação zero?

Aref: Porque começar pelo fim me dá uma sensação de satisfação seguida por uma sensação crescente de leveza — como se, fazendo o caminho reverso, eu estivesse desabafando. Eu aplico essa abordagem até mesmo na minha vida social.

Marzouk: Pessoalmente, eu gosto de começar do zero e ir caminhando até chegar ao meu destino. Começando de maneira cautelosa, aproveito a rota e experimento a sensação maravilhosa da conquista.

Aref: Um de nossos professores da universidade adotou minha abordagem. Antes de corrigir nossos exames, ele parte do pressuposto de que um aluno alcançou a nota máxima e corrige a partir dessa perspectiva. Se o aluno errar uma questão simples, o professor escreve (-1), mas (-2) se for uma questão mais complexa. Ele faz o cálculo final descontando todos os pontos negativos da nota. Se a prova valer 30 pontos, por exemplo, a nota final do aluno será 27, descontando-se os 3 pontos negativos. Ao discutir essa abordagem com seus colegas, nosso professor disse que esse método de correção tem uma dimensão psicológica positiva que demonstra sua crença nas habilidades do aluno. Essa confiança poderia, subconscientemente, motivar o aluno a se esforçar mais para atender às expectativas do professor.

Marzouk: Então isso significa que a maneira tradicional de corrigir provas na escola, que utiliza números positivos em vez dos negativos, é defeituosa apenas porque assume que a nota do aluno é zero no início da prova. O professor não escreve (+3) ou (+5) ao lado de uma questão correta, então a nota final é baseada na subtração das questões incorretas, e não da adição de questões corretas. Humm, essa é uma ideia instigante.

Aref: Isso não significa que esse método seja necessariamente ruim — pode ter sido transmitido por gerações anteriores de professores. Não vamos dar mais atenção a este assunto do que merece, mas ainda insisto que seu aspecto psicológico tem um efeito cascata significativo.

Marzouk: Diga-me, como você aplica essa lógica à sua vida social?

Aref: Gosto de formar uma grande rede de amigos — apesar de sua óbvia desaprovação —, porém faço questão de manter essas relações em um nível estritamente superficial. Então começo a separar o bom do ruim, eliminando os elementos corruptos em potencial sem entrar em discussão com essas pessoas. No fim, fico com um pequeno círculo de amigos com que vale a pena interagir.

Marzouk: Isso é sensacional.

Aref: Cada um na sua, amigo. Eu estou no caminho certo, e você não está no errado.

Marzouk: Esses mesmos princípios se aplicam ao que aprendemos nos livros de história na escola?

Aref: O que você quer dizer, primo?

Marzouk: A história nunca mente, como dizem? Ou é uma questão de perspectiva, como estávamos discutindo?

Aref: A história, necessariamente, não mente, meu amigo. São aqueles que documentam eventos históricos que às vezes podem mentir, o que é um problema.

Marzouk: Isso explica?

Aref: Costumam dizer que os vencedores são os que registram a história. Eu concordo com essa visão. Depois de destruir uma certa civilização, os vencedores apagam seu legado cultural. Já ouvimos falar tantas vezes sobre bibliotecas inteiras incendiadas sem piedade, ou sobre livros jogados em fogueiras e rios, causando a mudança de cor das suas águas. Embora eu não tenha me aprofundado muito nesse assunto, acredito que os livros e documentos que registram as eras históricas das civilizações derrotadas foram destruídos de propósito, de uma forma ou de outra.

Marzouk: Quais são os resultados de tais ações?

Aref: Quando a história é registrada a partir da perspectiva de historiadores pertencentes à civilização vitoriosa, conforme orientados por seus líderes políticos, alguns dos aspectos positivos podem ser precisos, mas não há como garantir que suas conquistas não sejam glorificadas enquanto as ações negativas são intencionalmente reprimidas.

Marzouk: Você quer dizer que as gerações sucessivas são obrigadas a aprender história de uma perspectiva unilateral, que não deixa espaço para fazer comparações enquanto períodos históricos são apagados de caso pensado? Vista dessa perspectiva, a história, desprovida de antecedentes e análises, de fato não pode mentir. Só os cronistas da história podem ser fraudulentos.

Aref: Exato.

Marzouk: Há algum caso em que vitoriosos foram imparciais?

Aref: Ao longo do tempo, alguns vitoriosos respeitaram a autenticidade. Contudo, em minha humilde opinião, esses foram exceções.

Marzouk: Fascinante.

Aref: Com referência às perspectivas de múltipla visão, até mesmo a pobreza e a riqueza podem ser vistas de forma relativa.

Marzouk: Como?

Aref: Meus primos maternos da cidade gostam de descrever aldeões como nós como "pobres". Embora esse julgamento não provenha tanto do desprezo quanto da compaixão e consideração genuínas, eu não concordo com a descrição geral.

Marzouk: Por que não? Você não acha que somos pobres em comparação com as pessoas da cidade que possuem alta renda e estilo de vida luxuoso?

Aref: Meu pai me ensinou que falta ao pobre apenas o que ele acredita não ser importante. Como você pode ver, nós aldeões estamos contentes com a nossa sorte. Nossos pais e avôs vivem vidas autorrealizáveis. Eles estão em paz consigo mesmos e com o universo, quase nunca reclamam de dores físicas e de fato acreditam que o que têm é suficiente. Quanto às nossas mães e avós, elas são abençoadas com boa saúde e riem todos os dias como se comemorassem um evento alegre. Não só desfrutamos de uma longevidade notável, mas também temos níveis muito baixos de criminalidade. Nossa comunidade é unida e nunca sente que algo está faltando. Por outro lado, depois de ganhar o primeiro milhão, o povo da cidade não consegue descansar até conseguir o segundo milhão. Assim que adquirem um carro luxuoso, desejam um modelo mais sofisticado.

Quando são promovidos no trabalho, nada além de buscar a posição mais alta satisfará sua ambição. O ciclo interminável de querer mais os deixa em um vazio permanente. Para validar a definição de meu pai, que em minha opinião está em pé de igualdade com a dos líderes, as pessoas da cidade são "pobres" porque lhes faltam as coisas verdadeiramente importantes na vida. Quanto a nós, sim, nós somos os abastados, em virtude de nos contentarmos com o que temos.

Marzouk: Aqui está Moza bint Mourad. É minha vez de cumprimentá-la hoje. Que a paz esteja convosco, mamãe.

Moza: (*Fala olhando para um ponto distante no horizonte sem fazer contato visual*) E convosco.

Marzouk: Você notou algo de estranho nela?

Aref: O quê?

Marzouk: Sua posição naquela cadeira não mudou nem um centímetro desde o falecimento de Hesa. Até sua postura e linguagem corporal permaneceram inalteradas. É possível alguém manter esse nível de constância?

Aref: O que é ainda mais estranho é que a parte inferior de seu corpo está coberta da mesma forma que as dobras de seu manto. Às vezes sinto que ela está escondendo algo sob essas coberturas externas — uma pessoa ou até mesmo um animal!

Marzouk: Que fantasias estranhas você tem. Oh, Aspirante a Escritor!

Aref: Até as dobras flácidas de seu pescoço se tornaram tão proeminentes que parecem uma bolsa de canguru.

Marzouk: (*Rindo ao responder*) De onde você tira essas comparações estranhas? Ouvi dizer que os símiles são um produto do ambiente pessoal, só que aqui não existem cangurus.

Aref: Bem, sua descrição não é ruim, mas, com certeza, é única. Descrições e até nomes, quase sempre, são associados ao ambiente nativo e à consciência cultural?

Marzouk: Eu já expliquei isso em detalhes. Agora é sua vez de elaborar. Ha, ha.

Aref: Para ilustrar meu ponto de vista, quando os pais perdem a paciência com seus filhos, eles os comparam a servais (gatos selvagens africanos — nativos da África, não do Golfo), dada a sua aparência feia. Quando as mães amaldiçoam aqueles que merecem ser amaldiçoados, elas desejam que essa pessoa desapareça em um poço. Quando avôs querem descrever um glutão, eles os comparam com uma tumba que não rejeita cadáveres. Você notará que todas essas comparações estão ligadas de alguma forma ao ambiente da aldeia e ao que vemos no dia a dia.

Marzouk: É verdade, meu amigo. Às vezes nem reparamos em certas coisas, apesar de convivermos lado a lado com elas, até que alguém põe determinado objeto sob escrutínio. Porém alguns desses símiles são realmente hilariantes.

Marzouk: Ha, ha. Isso vale para nomes. Por exemplo, o nome Zakheera, que significa "munição", está associado às armas que os aldeões estão acostumados a ver. Do mesmo modo, o nome Ateeq, que significa "antigo", é um termo que ressoa com nossos parentes, enquanto o nome Hamama, que significa "pombo" refere-se aos tipos de pássaros criados pelo povo da montanha. Lembro-me de ter um pássaro de estimação quando era pequeno, a que chamei de "Mountain Peak".

Aref: Esse assunto é tão interessante que eu poderia escrever um trabalho acadêmico sobre ele para discutir com meu professor na universidade. No final das contas, o ambiente de uma pessoa é uma fonte de comparações, mas não a única.

Marzouk: E qual é a fonte de todas as suas comparações demasiado criativas?

Aref: Os livros são a fonte da imaginação, meu amigo.

Marzouk: Suas visitas frequentes à cidade lhe deram acesso ao mundo dos livros. Não negue que isso é obra daquelas pessoas que você chama de pobres, de acordo com a definição de meu tio Abdel Malak.

Aref: A pobreza não é de todo ruim. Na verdade, pode ter um lado positivo. Ha, ha.

Marzouk: O alcance da minha imaginação é como uma terra estéril. Apontando-me em direção ao mundo dos livros.

Aref: Ha, ha. No mundo dos livros, nuvens cheias de chuva revogarão sua terra árida. Sabe de uma coisa, vou lhe dar um livro que embasa toda nossa conversa de hoje. Chama-se *O meu pé de laranja lima*, de um escritor brasileiro chamado José Mauro de Vasconcelos.

Marzouk: Céus! Você está me levando dessa montanha desolada para o outro lado do mundo? (*Rindo com vontade.*) Do que trata esse livro?

Aref: Se lhe contar, não precisarei lhe dar o livro. Leia a obra. Espere recebê-la amanhã.

Um livro levou a outro até que Marzouk caiu na armadilha da leitura, que, como Aref disse, era a mais maravilhosa de todas. Três meses depois, chegou o dia do teste de leitura.

O teste de leitura

Marzouk aceitou a proposta de fazer um teste de leitura de todos os livros que pegou emprestado com seu primo. O formato desse teste consistia do fornecimento de uma pista de cada livro na forma de um bordão conciso, mas poderoso, sem revelar o título do livro. Marzouk foi então solicitado por seu primo a escrever, em 30 minutos, o título e o nome do autor de cada livro emprestado a ele, tarefa que ele completou em exatos 24 minutos, apesar de não ter certeza de algumas das respostas, conforme mostrado abaixo:

P: Oh, Ziza, que Deus te perdoe. Suas árvores floresceram em minhas veias.

R: *O meu pé de laranja lima*, de José Mauro de Vasconcelos.

P: Este autor é creditado por ter acabado com o monótono formato convencional do romance, substituindo-o por uma abordagem nova e contemporânea que se afasta do medíocre e insubstancial.

R: *Os livros que devoraram o meu pai*, de Afonso Cruz.

P: O melhor dos melhores (60 anos de experiência e sabedoria em um livro).

R: *Once upon a time*, de Assaad Taha.

P: Surpreendente habilidade descritiva, enredo magistral — este livro é um convite a viajar para lugares distantes.

R: *Roaming Across the Globe*, de Abdel Karim Al Shatti.

P: Ao contrário de seu título, esse romance (ou autobiografia) baseia-se na memorabilidade.
R: *A ausência que seremos*, de Hector Abad.

P: Um romance brilhantemente escrito, apesar da estreita dimensão espacial.
R: *E não sobrou nenhum*, de Agatha Christie.

P: Há espaço para leveza e realismo severo na literatura.
R: *Weird Things Costumers Say in Bookshops*, de Jen Campbell.

P: Em resumo, memórias de uma infância exuberante.
R: *Cacau*, de Jorge Amado.

P: Epifanias fluindo dos lábios de uma pessoa.
R: *The Abyss of Spiritual Revelation*, de Abdallah bel Qassem.

P: Às vezes, a pessoa que esmiúça um assassinato é mais delicada do que um cubo de açúcar na mão de uma criança.
R: *The Bookseller´s Murder*, de Saad Mohammed Raheem.

P: Um coquetel de experimentos continentais.

R: *If I Could Tell You Just One Thing*, de Richard Reed.

P: A grandeza da humildade e a humildade da grandeza.
R: *When I Met Omar bin Khattab*, de Adham Sharqawi.

Em minutos, o papel estava nas mãos de Marzouk. Sua pontuação foi 24 de 24 — 12 pontos para acertos nos títulos e outros 12 por escrever os nomes dos autores sem erros, igual ao tempo gasto para responder às questões. Marzouk deu um sorriso de vencedor e deu um abraço de urso em Aref.
Aref: Ah, antes que eu esqueça...
Marzouk: O quê?
Aref: Você está sabendo que *Abdel Karim Al Shatti*, o autor de *Roaming Across The Globe*, fez uma visita secreta à nossa aldeia?
Marzouk: Você está brincando! Jura?
Aref: Juro por Alá e pela Sagrada Caaba.[6]
Marzouk: O livro dele é o melhor que já li na vida! Ele é um escritor muito original!
Aref: Se as pessoas ouvissem você falar, pensariam que você leu milhares de livros!
Marzouk: Ha, ha. Bem, foi o melhor dos 12 livros que me foram emprestados por um querido amigo conhecido como Aref.

---

[6] Caaba, também escrita Kaaba ou Kabah, por vezes referida como al--Caaba al-Musharrafah, é o edifício no centro da mesquita mais importante do Islã, a Masjid al-Haram, em Meca, na Arábia Saudita. É o local mais sagrado do Islã, considerado pelos muçulmanos como a Bayt Allah.

Aref: Ha, ha.

Marzouk: Mas diga-me, como e quando essa visita aconteceu? E por que você não me contou?

Aref: Ele chegou há alguns meses com um grupo de turistas enviados pelo Ministério. Ele estava vestido igual aos turistas e falava a mesma língua deles, e se misturou ao grupo como disfarce. Ele tinha uma missão a cumprir.

Marzouk: E ele conseguiu?

Aref: Sim.

Marzouk: Qual era a missão?

Aref: Quanto você irá me pagar se eu contar?

Marzouk: O preço de quatro bebidas na cafeteria.

Aref: Ha, ha. Ele se misturou com o grupo e, em silêncio, observou as pessoas agindo com naturalidade. Ele escutou os comentários sussurrados e observou como nosso povo e os turistas olhavam uns para os outros, especialmente porque ele está trabalhando em um livro no momento. Mas eu o peguei. Ele me fez prometer que manteria seu segredo até que ele deixasse a aldeia. Viu como cumpri minha promessa? Ha, ha.

Marzouk: Isso é incrível. Quero segui-lo no Instagram.

Aref: Ele estava preocupado com o fato de as pessoas não agirem espontaneamente se descobrissem que ele é árabe, o que causaria um efeito negativo na integridade de suas considerações e análises.

Marzouk: Isso é tão inspirador.

Aref: Consegui algumas reuniões individuais com ele e pude conhecê-lo mais de perto. Na verdade, eu escrevi um artigo sobre ele, e a primeira pessoa a lê-lo será você, Marzouk, em homenagem à sua pontuação perfeita.

Marzouk: Então, passe para cá.

Ibn Shattouta

Conhecer alguém no mundo virtual e depois descobrir que, na vida real, essa pessoa fica muito aquém de suas expectativas é muito comum, mas se a pessoa ficar só um pouco abaixo das nossas expectativas, não é tão surpreendente.

Entretanto, conhecer alguém no mundo virtual do Instagram e dos livros e depois descobrir que sua verdadeira natureza supera o brilho de suas postagens e contas nas redes sociais é demasiado raro!

E esse é exatamente o caso do ilustre viajante e grande escritor Abdel Karim Al Shatti.

Como é delicioso quando um escritor e viajante estão juntos dentro de uma só pessoa; este é o caso de Ibn Shattouta, a quem podemos considerar uma personificação viva do ditado "Ele não é um mero kuwaitiano", é um dos produtos mais inspiradores e surpreendentes vindos do Kuwait.

Trata-se de um homem de muitas facetas. Ele personifica as maravilhas da Venezuela, a versatilidade do Peru, a beleza mística do Brasil, a bondade do povo núbio, a sublimidade da Índia, o brilho do deserto de sal da Bolívia, a substância da Amazônia e a elegância da Colômbia.

Um visitante querido nos fez uma visita de três dias que voaram em um piscar de olhos. Do ponto de vista emocional, o intervalo entre sua chegada e partida foi ainda menor do que o tempo que levou para transferir o trono da rainha de Sabá para a corte de Salomão.

O tempo passou como um vento turbulento, concentrado como um café expresso, até atingir o clímax, como uma bolsa de água que explode de repente.

As conversas mantidas com o chamado turista passaram rapidamente do periférico para o sublime. As histórias que dividimos pareciam assumir diferentes formas, que variavam entre cônicas, cubos surreais e círculos infinitos, à medida que mergulhávamos cada vez mais profundamente em uma série de assuntos desconcertantes e incoerentes. Estes incluíam crateras de vulcões, animais selvagens, fazendas, relógio biológico, hereges, filósofos, padres, *falafel*, colheres de servir e superstições. Mergulhamos nos pensamentos e obras de Pablo Neruda, Hashem Al Rifa'y, Mohamed Abdel Bary, Gengis Khan e grandes mentes literárias. Nossas discussões calorosas também abordaram assuntos improváveis como impostos, morcegos, perfumes, xícaras, ciganos, obsessões e hotéis, sotaques, genética e flores, areia vermelha, multidões e gatos.

Durante esse curto tempo, a quantidade de café que consumimos poderia afundar um comboio turístico com facilidade!

O café marcou o início e o fim...

Marzouk: Uau! Estou impressionado!

Aref: (*Sorrindo com alegria*) Obrigado, meu amigo.

Marzouk: Eu gostaria de fazer um curso de Escrita Criativa com você.

Aref: Vou lhe transmitir a essência de minhas experiências junto com o que estou aprendendo na universidade agora. A pergunta continua, quanto custam as taxas do tutorial?

Marzouk: O preço de seis copos de chá na cafeteria. Ha, ha!

Aref: Além das outras quatro bebidas. Então agora você me deve dez drinques. Ha, ha! Mas você não disse que quer se tornar um inspetor de polícia?

Marzouk: Graças a você, posso querer me tornar um escritor de ficção policial.

Aref: Ha, ha! Vejo você em breve, espero.

Marzouk: Se Deus quiser.

O programa de estudos no exterior

Em meados de 2014, Marzouk obteve a aprovação final do Ministério da Educação para ingressar em um programa de estudos no exterior, em um país da Europa Central, para estudar criminologia. A primeira pessoa a saber da notícia foi sua irmã mais velha, Zakhira (que atendia pelo nome de Umm Saeed), por quem Marzouk tinha uma consideração especial. Zakhira sempre se lembraria de cada pequeno detalhe daquele dia memorável. Ela estava sentada com alguns de seus vizinhos em um tapete marrom, ao lado da palmeira, em seu pátio. Servindo como pano de fundo para as conversas das mulheres, estavam os tons suaves de *Sheikh Abdallah Al Khayat* recitando versos do Alcorão na estação de rádio saudita. Enquanto Zakhira costurava algumas burcas, suas amigas, saboreando tâmaras Buman e bebendo café, discutiam sobre como lidar com a gripe aviária que afligia as aves domésticas de seu vizinho Nabhana. Outra mulher estava moendo grãos de café da maneira tradicional (conhecida como "al-Manhaz"), resultando em uma mistura distinta em cor e aroma. Outra mulher estava dando goles d'água de uma jarra prateada para um cabrito e fazendo comentários reconfortantes como se esperasse que ele fosse responder às suas palavras: "Você está com sede, meu querido? Fome? Um dia você crescerá grande e forte, meu pequeno. Então encontraremos uma linda noiva e você terá seu próprio cabrito".

Quando Marzouk bateu à porta com a mesma reserva cautelosa que marcava seu caráter, sua irmã deu um pulo para cumprimentá-lo. Ela derramou lágrimas de alegria quando ele lhe deu a notícia. Ele beijou a testa dela e foi contar aos pais, que responderam com sentimentos confusos; um misto de felicidade e medo, a dor da separação, preocupações com sua moral e fé em valores incutidos em seu filho. Depois de serem informados, os vizinhos de Zakhira se abraçaram, suas ululações preenchendo o ar. Após saber da boa sorte de Marzouk no almoço, Abou Saeed, marido de Zakhira, disparou tiros comemorativos no início da tarde, e a notícia se espalhou como fogo. Embora toda a aldeia estivesse em clima de festa, havia temores genuínos pelo rapaz, sozinho em uma terra estrangeira. Eles temiam que seus princípios fossem comprometidos por viver no exterior e que ele voltasse uma pessoa diferente. No entanto, como a confiança deles nele era grande, os sentimentos de orgulho e alegria superaram os temores por seu bem-estar moral.

No dia seguinte, os homens se reuniram na mesquita onde Abou Saeed, fiel à sua palavra, abateu vários filhotes de camelos e cabras montanhesas. A esposa cozinhou arroz suficiente para alimentar um exército inteiro, resultando em um esplêndido banquete para todos os aldeões. Panelas e frigideiras circulavam pelas casas em meio a apertos de mão sinceros e crianças animadas correndo de um lado para o outro. Como era de se esperar, Aref foi o principal organizador dessa celebração incomum.

Na cidade, no entanto, notícias de natureza similar não teriam causado surpresa; afinal, era apenas um programa de estudos no exterior. Se o povo da cidade tivesse descoberto o motivo das celebrações extravagantes dos aldeões, eles teriam zombado deles com veemência. Na verdade, as diferenças entre suas percepções de vida destacavam o ambiente espontâneo e cativante da aldeia, um lugar onde as pessoas viviam um dia de cada vez sem se preocupar com o que o amanhã traria. Amparados pelo brilho caloroso do amor e pela apreciação dos menores detalhes da vida, os aldeões exageravam em suas comemorações comunitárias de eventos alegres. Ao contrário, eles faziam pouco caso de suas tragédias e tristezas, mas com o mesmo espírito comunitário e atitude otimista dos verdadeiros crentes. Para as pessoas simples, cada semana e até mesmo cada dia sinalizava uma pequena esperança para pequenos triunfos.

Nesse breve intervalo antes de sua partida para terras estrangeiras, Marzouk se tornou um tipo de embaixador de seu país, orgulhosamente carregando seu lar enquanto se aventurava em toda a sua inocência em território desconhecido, o menino brilhante e crescido deles, representando a aldeia entre os "ingleses". Devido à dificuldade em pronunciar certos sons, os aldeões recorreram a versões locais de palavras e nomes estrangeiros. Por exemplo, Sua Majestade, a Rainha Elizabeth II, recebeu o nome de "Aliaazabad", assim como havia sido feito com o nome de Martiza Maradona, uma versão simplificada que removeu do nome original, Elizabeth, todo seu significado. Os aldeões conheciam a rainha apenas como Aliaazbad, uma personagem de quem ouviram falar por décadas, e que foi vista apenas quando as telas de televisão chegaram à aldeia havia pouco tempo. Isso leva a uma pergunta interessante: "O que um programa de estudos no exterior em um país da Europa Central tem a ver com os ingleses?".

    Para esclarecer o leitor, a palavra "inglês" na aldeia era um termo genérico que abrangia uma variedade desconcertante de lugares: países da Commonwealth, Europa, as Américas, Austrália eram "ingleses". A velhinha alimentando gatos em Hamburgo, o garotinho brincando na Praça Vermelha de Moscou (apesar de Putin), o velho vendedor de sorvete em Sófia, o revolucionário anti-imperialista escondido em um armazém em Guadalajara, o empreiteiro americano perfurando petróleo no Bahrein, o técnico do time de futebol de Camarões, Messi, uma pastorinha cuidando de uma lhama no Peru, o próprio Trump, a Agência Internacional de Energia Atômica em Viena, o encantador de serpentes cigano em Bucareste, Mario Vargas Llosa e Angela Merkel, todos sob o termo genérico "inglês". Por todas as razões, a rainha Elizabeth deveria ter enviado uma mensagem sincera de agradecimento aos aldeões por terem atribuído todos esses lugares e personagens ao seu império sem o uso da força militar. Graças aos aldeões, países e continentes inteiros, junto com sua flora, fauna e folclore, sem mencionar as histórias gloriosas e inglórias, foram convenientemente incorporados aos domínios da rainha.

No dia da partida de Marzouk para a terra dos "ingleses", o céu era de um azul brilhante pontilhado com nuvens brancas deslumbrantes. Uma brisa suave e o canto de pássaros no ar.

A aldeia inteira apareceu para se despedir dele. Houve abraços e beijos, fervorosos apertos de mão, suspiros e lágrimas, súplicas e orações, garantias e recomendações e trocas verbais de última hora. Quem acompanhou Marzouk ao aeroporto foi seu amigo de longa data, Aref. Apesar de manter seus sentimentos sob controle em meio à enxurrada de emoções na aldeia, Marzouk desabou quando Aref o abraçou, um abraço fugaz que encapsulava anos de amizade, e disse, apenas: "Deus vá com você, meu amigo".

Enquanto observava Marzouk desaparecer para se juntar às filas semelhantes a cobras com seus sapatos marrons brilhantes fazendo um som estridente no mármore liso, Aref olhou para a cena como um todo, seu olhar de escritor absorvendo todas as atividades que se desenrolavam diante dele. Interiormente ele especulou sobre a multiplicidade de emoções testemunhadas pelos saguões de chegadas e partidas. Ele observou as legiões de desconhecidos cuja identidade ele só podia adivinhar, as multidões de diferentes raças, nacionalidades, cores de pele, línguas, sotaques, homens cujas barbas ficaram grisalhas enquanto esperavam por um amanhã melhor e os corpos murchos de pessoas outrora robustas. Ele tomou nota dos que ficaram para trás, aqueles que permaneceram com hábitos de dormir e acordar cedo e de jantar após o pôr do sol, inalterados. Ele viu jovens arrependidos do passado, mulheres temerosas com os estragos do tempo, idosos vivendo dia após dia, deixando as preocupações de amanhã para os inquietos. Examinando o espaço, ele observou os vários pontos de venda e trabalhadores: uma relojoaria, uma livraria, uma floricultura, cabines de câmbio e faxineiros limpando o chão.

Ele observou as pilhas de bagagem. Havia malas caras desfilando como pavões, malas práticas e baratas que pareciam indiferentes às dificuldades de voos longos e malas de viagens gastas com vestígios de vidas e países de origem, todas se movendo rápido sobre quatro rodas. E então, havia as esteiras de bagagens girando sem parar, carregadores de bagagens trabalhando sem descanso, perdidos em seus próprios pensamentos, uma miríade de presentes, sonhos e medos, telas piscando e piscando, telefones celulares, telefonemas, setas, destinos, galanteios, números e barreiras. Aqui, até os segundos contavam enquanto passavam incansavelmente e os ponteiros do relógio eram uma força a ser reconhecida. Neste lugar, tudo corria de maneira tão rígida como em uma colmeia ou em um formigueiro. Neste lugar, o conceito de estranhamento foi neutralizado ao sabor de pão seco, e o olhar transformado em uma tela panorâmica capturando cores. Como se falasse consigo mesmo, Aref pensou: "Neste lugar, céus nublados e clima turbulento eram objetos de ódio tanto quanto eu odeio situações incertas e amigos instáveis". Ele notou os movimentos e gestos das pessoas andando de um lado para o outro, correndo atrasadas, sem fôlego, em pânico, o ar vibrando em um milhão de pulsos e anúncios diferentes. E havia aqueles sem ninguém para dizer adeus. Pessoas solitárias de quem ninguém se despediu, nem pessoalmente, nem nos *stories* do Instagram.

    De repente, sentiu um nó na garganta, quando um milhão de perguntas sobre o destino desconhecido de Marzouk passaram pela cabeça dele: "Será que ele terá sucesso nessa empreitada e voltará com uma coroa de louros e um certificado? Ou será reprovado e pedirá para ser mandado de volta para ingressar em uma universidade local que oferece uma especialização indesejada? Ele suportará viver entre estranhos no coração da Europa?". Mais pertinentemente, Aref se perguntou se ele próprio poderia suportar a sensação de perda que se instalou em seu coração ao pensar na distância física entre eles.

Por que está tão triste, meu amigo?

Depois de uma semana longa e triste, Aref ligou para Marzouk. Este disse que apesar de sua autossuficiência, o único problema que enfrentou na adaptação em seu novo ambiente foi um profundo sentimento de vazio. Fora isso, ele cuidou de sua casa, de seu carro e de uma papelada, além de se encontrar com seu orientador acadêmico. Ele também se familiarizou com a cidade e suas ruas principais, incluindo um centro islâmico local onde podia fazer as orações de sexta-feira. Para completar, ele conseguiu encontrar quatro restaurantes diferentes que serviam carne halal.

Marzouk: Por que você parece tão triste, meu amigo? Sua voz o denuncia, não importa quanto você negue.

Aref: Não estou triste, primo. Apenas estou triste na minha solidão.

Marzouk: Não se desespere. Todos estão com você.

Aref: Todos e ninguém.

Marzouk: Ok, deixe-me reformular a pergunta. Por que se sente tão só?

Aref: Cheguei em um ponto em que envio mensagens de WhatsApp para mim mesmo. Eu me cumprimento e respondo, pergunto como estou, e quais são as últimas notícias. Então envio uma mensagem de voz para mim mesmo com todas as novidades — como se eu fosse duas pessoas em uma só.

Marzouk: Oh, meu Deus! Citando Shawky, "Estamos todos no mesmo barco". Estou sentindo uma falta terrível de casa e me sentindo um pouco desamparado.

Aref: Você é mais forte do que pensa. Por que não se cura escrevendo?

Marzouk: Como?

Aref: Escrever é o elixir da vida, meu querido amigo.

Marzouk: O que você quer dizer exatamente?

Aref: Escrever é tanto um agente cauterizador como uma cura. Tranquiliza, acaba com a dor e desinfeta feridas do espírito, não do corpo.

Marzouk: Como faço para me curar?

Aref: Apenas faça o que estou fazendo agora. Eu escrevo para esquecer e fugir.

Marzouk: Mas eu sou apenas um escritor novato.

Aref: Lembre-se das habilidades que ensinei a você. Antes de fazer qualquer outra coisa, escreva para si mesmo. Escreva sobre seus pensamentos internos, experiências e sobre a dor do distanciamento.

Marzouk: Prefiro que você me dê uma tarefa específica.

Aref: Certo, porém não espere que o assunto seja sobre seus pais, *hobbies* ou férias — terá um nível um pouco mais elevado.

Marzouk: É disso que preciso para aprimorar minhas habilidades.

Aref: Humm...

Marzouk: O quê?

Aref: Sei quanto valoriza sua irmã. Escreva um artigo sobre sua irmã. Tendemos a escrever sobre relacionamentos românticos, e esquecemos de nossos próprios irmãos.

Marzouk: Isso me chateou.

Aref: Você tem um dia para completar a tarefa.

Marzouk: Deseje-me sorte.

Aref: Não se apresse. Vá com calma e lembre-se de nossa conversa sobre convenções de escrita. A propósito, quantos livros você levou?

Marzouk: Sete.

Aref: Bom. Você pode me falar os títulos?

Marzouk: Com prazer. *The Bamboo Stalk*, de Saud Al Sanousi; *O outono do patriarca*, de Gabriel García Márquez; *Futebol ao sol e à sombra*, de Eduardo Galeano; *Morte na Mesopotâmia*, de Agatha Christie; *O capote*, de Nikolai Gógol; *Make it one prayer*, de Antonio Camacho e *Drawing under the magazine*, de Afonso Cruz.

Aref: Excelente. Seu gosto literário está melhorando.

Marzouk: Tudo graças a Deus e às orientações de Aref.

Aref: Ah, Marzouk. Quão perdido estava e encontrei meu refúgio em livros!

Marzouk: Espero que nós dois estejamos mais alegres quando conversarmos da próxima vez.

Aref: Também espero. Não se esqueça da sua lição de casa.

Ode a uma irmã

Respondendo ao *feedback* contínuo de Aref, Marzouk acabou escrevendo três rascunhos. Seu amigo o aconselhou a dar vida ao texto adicionando imagens vívidas e detalhes sensoriais, otimizando o uso de recursos retóricos e evitando ser prolixo. Seu rascunho final dizia o seguinte:

"Ter uma irmã é muito esplendoroso. Entre seus inúmeros papéis, uma irmã é como uma segunda mãe e talvez mais, um ser angelical que envia graças dos céus, uma mistura de rigor dos pais com a ternura das mães. Um suporte e um equilíbrio que encobre os erros juvenis, uma pessoa que só quer seu bem-estar, que tem um coração generoso e misericordioso. Uma irmã detecta instantaneamente a tensão e derrama óleo sobre as águas turbulentas, intervindo quando os ânimos esquentam. Ela é um porto seguro e um manto protetor que guarda um coração pulsante, uma embaixadora da bondade e compreensão e a superintendente dos perturbados, uma brisa sussurrante, além de ser uma força gigantesca e uma bênção generosa, rindo de suas piadas bobas e aplaudindo sua menor conquista enquanto acalma sentimentos feridos. Uma irmã é um farol de virtude, uma confidente, uma sábia conselheira, a voz da consciência, uma barragem protetora e uma presença tranquilizadora, uma doadora, não uma tomadora, alguém que valoriza as ações acima das palavras. Ela é uma educadora silenciosa, a fonte da felicidade e magnificência, o incenso perfumado da casa e a flor de jasmim do pátio.

Que Deus proteja nossas irmãs e sempre nos abençoe com sua presença carinhosa. Elas são a joia da nossa coroa, um porto seguro que nunca pode ser violado."

Hotel dos ursos

Com o crescimento de grupos de turistas ao icônico café da aldeia, a ministra do Turismo de um país asiático deu a sugestão ao seu homólogo do Governo Central para construir um hotel nas montanhas. Esta sugestão, que decorreu de um acordo comercial entre os dois países, segundo o qual as receitas seriam repartidas em partes iguais, foi formalmente redigida no final de 2014 e ratificada pouco tempo depois.

A ideia se enraizou enquanto a ministra do Turismo mencionada acima estava em uma visita de averiguação da área e notou os contornos volumosos das mulheres da montanha. Ela imaginou chamar o hotel de "O Hotel da Montanha", adicionando um logotipo que apresentava a forma de uma pessoa obesa com bochechas salientes e uma barriga imensa. Os funcionários do hotel seriam obrigados a pesar não menos do que 100 quilos, enquanto os hóspedes acima desse peso receberiam 50% de desconto.

Segundo a visão de Sua Excelência, a estrutura seria toda construída em rocha retirada da montanha. Os quartos teriam chaves cor de ferrugem e batentes de porta em forma de entrada de caverna, enquanto o restaurante que serviria apenas comida local, seria acessado por uma entrada semelhante à de uma caverna. Até a piscina e a jacuzzi seriam esculpidas na própria montanha. Para realçar a atmosfera temática de montanha, o jardim dos fundos contaria com uma seleção de morcegos, bodes, flora e fauna diversas. O *lobby* do hotel seria adornado com imagens e cartazes com informações sobre as civilizações montanhosas locais e globais, como a dos incas e dos maias, entre outras.

Desde o início, o projeto proposto apresentou dois grandes problemas. O primeiro deles foi a dura resistência dos aldeões ao que alguns chamaram de uma "nova forma de colonização". Em resposta, o representante do governo realizou uma série de reuniões com o emir e com líderes tribais locais, cuja principal preocupação era a percepção de "contaminação" do terreno onde seus ancestrais foram enterrados por um influxo de estranhos, fazendo com que os entes queridos que partiram se revirassem em seus túmulos! O governo, então, ofereceu conceder aos aldeões uma vasta extensão de terra na cidade, longe do centro, e fornecer moradia gratuita, com a condição de que fizessem as malas e deixassem suas casas na montanha. Os aldeões recusaram-se veementemente, insistindo que essa era a terra deles. A mesma terra que os nutriu, onde nasceram e onde seriam enterrados.

Numa fase avançada das negociações, o governo ofereceu uma grande quantia aos aldeões para apaziguar a fúria deles, mas eles se recusaram a aceitar. Depois de muita deliberação e discussão, a compensação financeira, oferecida a cada habitante, tornou-se tão tentadora que os aldeões, por fim, cederam. Mesmo assim, os aldeões estabeleceram como condição que o hotel ficasse situado na periferia da aldeia, bem longe de suas casas e lojas. Eles também insistiram que nenhuma bebida alcóolica fosse permitida no hotel. Por sua vez, os funcionários do governo proibiram, a partir de então, que qualquer um dos moradores portasse suas armas de fogo para não alarmar os turistas, alertando-os para manter todos os fuzis dentro de suas casas e usá-los somente diante uma ameaça.

O segundo problema deveu-se aos vigorosos protestos do ministro da Saúde, em relação à orientação nada saudável do hotel em glorificar a obesidade. Depois de muito debate, a proposta da ministra do Turismo prevaleceu sobre a ameaça percebida à saúde pública, sobretudo porque o projeto melhoraria a imagem do país, impulsionaria o turismo e revigoraria a economia com enormes retornos financeiros a longo prazo.

Obtida a aprovação necessária, escavadeiras e tratores entraram em ação, anunciando o lançamento desse projeto de construção extremamente custoso, mas potencialmente lucrativo, que consistia em quebrar rochas e escavar a encosta da montanha. De fato, esse projeto era tão ambicioso que sua construção sobrecarregou o orçamento destinado ao proposto campo desportivo e atrasou a data prevista para a sua inauguração.

Ao fim de nove meses de trabalho intenso, uma luxuosa cerimônia de inauguração foi realizada para marcar a inauguração oficial do hotel. Este grande evento, que teve cobertura local e global, contou com a presença dos ministros do Turismo, a asiática e o local, juntamente com dois outros nomes do alto escalão. O que foi capturado pelas lentes da câmera mais do que qualquer outra coisa foram os dezessete funcionários, junto com seu supervisor, designados para os hóspedes e os 42 quartos espalhados em ambos os lados do majestoso edifício de um único andar.

Observando de longe, os festejos estavam afetando os habitantes da aldeia, alguns dos quais murmuravam palavrões e expressavam ressentimentos enquanto outros reconheciam os benefícios econômicos do projeto. Para reforçar a credibilidade, o emir de toda a região, assim como personalidades locais notáveis, recebera convites para a abertura da cerimônia, em que, pela primeira vez em suas vidas tão iguais, estes dignitários apareceram e trocaram algumas palavras na televisão. No final das contas, a inauguração do hotel sinalizaria um ponto sem volta para a vida da população local.

Bem rápido, o hotel tornou-se famoso internacionalmente. Apesar da tarifa astronômica de nada menos que mil dólares por noite, ficava o ano inteiro com sua lotação completa. Isso significava que os aldeões foram repentinamente expostos a rostos, nacionalidades e cores de pele nunca vistos em suas vidas. Quanto à cafeteria, esta continuou atraindo muitos turistas que iam até lá para se encantarem com os pontos turísticos desconhecidos e tirar fotos, alguns dos quais se aventuravam nas proximidades das casas, a fim de verem os campos agrícolas e os poços antigos. Essa intrusão gerou tanta indignação que o emir da aldeia fez uma queixa oficial ao governo central. Como resultado, o governo enviou equipes de patrulha da polícia das montanhas para monitorar a área e garantir que os turistas não ultrapassassem os limites. Pouco a pouco, no entanto, essas restrições foram sendo relaxadas, ao ponto em que os turistas pareciam estar prestes a entrar nas moradias resistentes com as quais Marzouk sonhava todas as noites longe de casa.

Marzouk e Agatha Christie

Alguns meses depois, Marzouk ligou para Aref para atualizá-lo a respeito de seu progresso. Ele estava indo muito bem, disse, inclusive estava alcançando a pontuação máxima nos exames teóricos em uma classe de vinte e três alunos de sete países, quatro dos quais viviam no mesmo dormitório estudantil que Marzouk. Ele também obteve a segunda nota mais alta em outro exame, apenas seis pontos abaixo da nota obtida por um estudante jamaicano. Era um curso de Investigação Criminal com um sofisticado programa de computador projetado para treinar os alunos em habilidades investigativas. Marzouk contou a Aref que ver os alunos trabalhando nos computadores dava a impressão de que estavam jogando *video game* como PUBG; na realidade, era um programa altamente complexo e preciso, cujo projeto havia sido supervisionado pelos grandes policiais e oficiais da inteligência. O conceito que orientava o programa era o de selecionar um caso criminal específico e, após isso, seguindo um processo eletrônico passo a passo, composto por pistas e indícios, rastrear o perpetrador. Era dado aos estudantes um tempo limite para analisarem, juntarem as pistas e utilizarem o raciocínio a fim de atingirem uma nota específica, de acordo com um conjunto de critérios, incluindo deduzir corretamente a identidade do perpetrador.

Aref: (*Em tom de brincadeira*) Estou morrendo de vontade de saber os nomes dos casos que escolheu.

Marzouk: Crime em uma toalete, Um cachorro no avião, Trono perdido, Crime em uma piscina olímpica.

Aref: Esses nomes poderiam ser usados como títulos de romances.

Marzouk: Ha, ha.

Aref: Pois comece a escrever, então.

Marzouk: Esse é seu departamento. Falando em livros, agradeço muito por ter me apresentado aos romances de Agatha Christie.

Aref: Por nada. Por que diz isso?

Marzouk: As histórias dela trouxeram benefícios inesperados para mim.

Aref: Como assim?

Marzouk: Uma de nossas tarefas é entrar em contato com o Departamento de Investigação de uma das delegacias toda quarta-feira (uma vez por semana). Nós nos reunimos com a equipe de investigação para participar da resolução de uma série de crimes. Estou feliz em dividir com você que contribuí em parte para a resolução bem-sucedida de dois casos que levaram à prisão de vários criminosos.

Aref: Ah, meu Deus! Estou tão orgulhoso de você!

Marzouk: Não se esqueça de mim em suas orações, mano.

Aref: Claro. Mas o que isso tem a ver com Agatha Christie?

Marzouk: Eu li dois livros impressos e dois *e-books* dela que focam na minha especialização. O que de fato me inspirou foi a maneira como Hercule Poirot usou as "pequenas células cinzentas" para desvendar crimes e seu foco em coisas aparentemente insignificantes para chegar à verdade. Também me beneficiei muito com as observações fofoqueiras da Srta. Marple e sua visão sobre a natureza humana, em particular aqueles traços encontrados nas mentes criminosas. Ela tem uma habilidade extraordinária para encontrar pontos comuns entre as pessoas que conhece e criminosos. É verdade que minhas contribuições para esses casos não foram cruciais, porém pretendo fazer uma diferença real um dia. O chefe de polícia me deu uma medalha e um pequeno prêmio em dinheiro.

Aref: Você alcançará tudo que desejar, meu amigo. Muito bem! Porém ainda estou curioso. Você poderia dividir comigo — mesmo que seja por alto — alguns fatos sobre esses casos da vida real?

Marzouk: A confidencialidade e a abstenção em divulgar informações sobre os casos, sobretudo nas redes sociais, são princípios básicos da criminologia, primeiro curso que os alunos fazem aqui.

Aref: Ok. Bom. Isso significa que ajudei você com o material didático, então você não tem desculpa para não tirar um A.

Marzouk: A boa notícia é que fiz o exame e recebi um A.

Aref: Muito bem! Qual é seu GPA?[7]

Marzouk: 3.7.

---

[7] GPA: A média das notas é um cálculo da sua nota ou resultado médio. Isto pode ser calculado numa base anual, ou para o seu curso como um todo. É calculado com base no seguinte: cada resultado recebe um número conhecido como ponto de nota.

Aref: Parabéns, primo e futuro grande investigador! Devemos agradecer a Agatha Christie, que morreu na Inglaterra em 1976, por ter desempenhado um papel de honra para Marzouk na Europa Central em 2015! Diga-me, quem tomou meu lugar como seu vizinho. Quem são seus colegas de quarto?

Marzouk: É alguém que não vale a água que bebe. Ele tem um nome incrivelmente longo, cheio de letras incompatíveis que precisam ser cuspidas em vez de pronunciadas. É um homem de meia-idade, com uma pele corada, olhos azul-claros, dentes amarelos, nessa ordem. Em suas vidas passadas, ele foi um ladrão, guarda-costas, carteiro, marido, jogador de hóquei, garçom, assistente de açougueiro. Ele sempre foi e sempre será um canalha ganancioso. Hoje ele é um advogado. Ele tem um filho que parece uma barra de sabão redonda e tem todo o jeito de bandido.

Aref: Que horrível. Não quero parecer presunçoso, mas seu novo vizinho não é um bom substituto para mim. De modo geral, a maneira como você descreveu esse sujeito é esclarecedora, mas as expressões que você está usando são cinematográficas, embora com uma pitada de intelecto. Decerto, a leitura deixou uma marca em você, Marzouk. É óbvio que você não o suporta.

Marzouk: Ele tenta ser legal comigo, entretanto acho que ele é pegajoso e falso, tem mais traços negativos do que positivos. Dito isso, ele está tentando ser amigável comigo sem suspeitar que tiro forças da minha solidão.

Aref: Como você viu o filho dele, afinal? Duvido que membros da família tenham permissão para entrar nos dormitórios.

Marzouk: O menino estava esperando do lado de fora do *campus* quando estávamos saindo, então ele me apresentou ao garoto. Ele tem cerca de 13 anos e olhos salientes. Parece que seu pai está investindo pesado no menino na esperança de levantar uma fonte de dinheiro sujo que continuará fornecendo rico conteúdo para a página de crime dos jornais. Só consigo imaginar esse menino como um futuro bandido que pode trabalhar como guarda-costas do substituto de El Chapo ou como lambe-botas do próximo Pablo Escobar.

Aref: Você está estudando criminologia, psicologia criminal, psicanálise ou o quê?

Marzouk: Os três. Não estou brincando. Criminologia intersecta com tudo isso.

Aref: Como consegue juntar todas essas informações sobre os traficantes? Não me diga que você começou a ler livros sobre tráfico de drogas?

Marzouk: Não, não é isso. Em uma de nossas aulas, eles nos mostraram vídeos sobre o mundo do narcotráfico e as maneiras de lidar com esses criminosos. Esta é minha aula favorita até agora, e o professor é o mais competente. De qualquer forma, as informações fornecidas nesses vídeos não são as mesmas dos documentários comuns — na verdade, eles contêm material confidencial que não posso revelar.

Aref: Que fascinante. Voltando ao seu vizinho, como avaliaria seu relacionamento até hoje?

Marzouk: Ele tentou me convidar para jantar, mas eu recusei. Então ele fez um convite mais singelo, para tomar sorvete, que aceitei com relutância. Ele me comprou algo que parecia sorvete de mocha. Embora parecesse atraente, era tão sem gosto que você tinha que tomá-lo de olhos fechados, como se estivesse tomando uma massa congelada nojenta.

Aref: Oh, querido. Que aventuras você tem vivido, óh fã de Agatha Christie.

Marzouk: Ha, ha. Aliás, em que gênero literário você classificaria os romances de Agatha Christie? Literatura policial investigativa?

Aref: Um de meus professores se opôs ao termo "Literatura Criminal", apontando que "Crime não tem nada a ver com literatura".

Marzouk: Exato. Então qual termo vocês pretendem adotar?

Aref: Ficção policial parece mais adequado.

Marzouk: Estou ansioso pelo seu romance de estreia sobre ficção policial estrelado pelo inspetor Marzouk no lugar de Poirot. Moza bint Mourad pode ser a Srta. Marple.

Aref: É uma ideia maluca, mas brilhante, que fica para depois da nossa formatura.

Marzouk: Se Deus quiser. Se você ganhar um prêmio literário de qualquer tipo, o Inspetor Marzouk ganha metade.

Aref: Seria o Marzouk real ou o fictício?

Marzouk: O real, claro.

Aref: Martiza ou Moza?

Marzouk: Uma vez que ela tem a mesma idade do Big Ben, ela não precisa de dinheiro.

Aref: Sua idade real permanece um mistério.

Marzouk: Mais importante, temos um acordo?

Aref: Sim, temos. Vou dizer tchau agora.

Marzouk: Cuide-se e envie lembranças a todos na aldeia.

Aref: Enviarei, óh Emissário das Montanhas Nobres.

Marzouk: Falo com você em breve. Espere, Aref, antes de terminarmos, quais novidades você me conta sobre o hotel?

Aref: Eu não fui capaz de formar uma ideia completa sobre ele até agora. Também estou um pouco distraído no momento porque acabei de chegar ao caixa eletrônico. Talvez, em algumas semanas ou meses, o hotel se tornará o assunto de destaque do nosso telefonema. Poderíamos até intitular de "Amantes de trincheiras e hóspedes de hotel — uma abordagem analítica".

Marzouk: Ha, ha. Tchau e curta o cheiro dessas cédulas!

(Neste momento, enquanto usava suas mãos para proteger a tela da luz do sol refletida na fachada do vidro do prédio, o telefone de Aref estava apoiado em seu ombro.)

Aref: Ha, ha. Cuide-se.

O telefone continuou na mesma posição mesmo depois de Aref ter desligado. Depois de ter pressionado o número "500", a imagem do hotel parecia se impor sobre o dinheiro despejado pela máquina, fazendo-o distrair-se e arriscar-se a ter as notas sugadas de volta pelo dispensador. Amaldiçoando sua imaginação, ele amassou o recibo e mirou na lixeira presa à máquina. Ele errou, mas não se deu ao trabalho de mirar outra vez. Ainda se xingando, por deixar sua imaginação livre, Aref se virou para sair da cabine, porém sua atenção foi atraída por uma imagem bizarra refletida na porta aberta. Mostrava alguns dos aldeões notáveis, incluindo Martiza, jogados no ar sem controle, transformando-se em um enxame de gafanhotos, depois completamente aniquilados por uma névoa dourada, e por fim engolidos por um buraco negro.

Fomos invadidos!

Algumas semanas depois, Aref ligou para Marzouk para lhe dar as últimas notícias sobre o hotel. Ele se imaginou começando a conversa com "Fomos invadidos!", rindo e então descrevendo a expansão inesperada dos estrangeiros. Depois disso, ele iria perguntar as novidades de Marzouk e passaria para suas impressões pessoais sobre as peculiaridades dos "estranhos", ou seja, qualquer pessoa que não pertencesse à aldeia, assuntos reservados apenas a Marzouk, de preferência durante conversas telefônicas à meia-noite. Por exemplo, havia o estranho hábito de se afastar da mesa e depois voltar para checar se algo foi deixado para trás, escolher a porta mais distante ao entrar em um local com várias entradas e, de forma automática, buzinar freneticamente assim que o semáforo mudava para o verde, mesmo que o carro da frente já tivesse começado a se mover.

Nenhuma parte dessa conversa imaginária aconteceu, pois Marzouk nunca atendeu ao telefone, nem mesmo no dia seguinte ou no próximo. Fazia dois dias desde a última mensagem de WhatsApp e Instagram e uma semana inteira desde o último *story* do Snapchat. Depois de tentativas repetidas malsucedidas de contatar Marzouk, Aref começou a sentir dor de estômago de nervoso.

Aref era o único que sentia falta das conversas frequentes com Marzouk. Devido à falta de familiaridade com os celulares, ninguém da velha geração, incluindo familiares de Marzouk, estava acostumado a manter contato com aqueles que deixavam a aldeia. Por exemplo, se um marido ou irmão se ausentasse para cumprir serviço militar, via de regra, ele dizia à sua família que regressaria depois de dois meses, durante os quais não haveria contato entre eles até que essa pessoa retornasse. Assim, quando disse à família que ele voltaria para o Ramadã, ou seja, após uma ausência de 11 meses, eles tão só se concentraram em mantê-lo em suas orações até sua volta. Sem ser perguntado, no entanto, Aref se habituou a, de tempos em tempos, tranquilizar os membros da família de Marzouk sobre seu bem-estar.

Embora fosse provável que membros de sua própria geração sentissem falta da presença de Marzouk, na verdade, não havia nenhum contato entre eles; ele era amigo de Aref e de mais ninguém.

Dias se transformaram em semanas sem notícias de Marzouk, deixando Aref com uma indecisão agoniante. Ele deveria continuar esperando ou usar parte do dinheiro da compensação para reservar um voo para procurá-lo no país onde estava estudando? Deveria entrar em contato com o consulado, ou tal ação seria desnecessária? Este foi um dos inexplicáveis períodos de isolamento do primo? Ou havia um motivo mais sinistro para seu desaparecimento?

Depois de refletir sobre isso, Aref decidiu esperar até o Ramadã, que chegaria nos próximos meses, esperando que ele trouxesse o retorno seguro de Marzouk, seu amado amigo, com quem compartilhou tantas lembranças maravilhosas, entregando todos seus medos e dúvidas à fogueira dos pensamentos.

Para aliviar sua mente desses pensamentos e ansiedades, Aref usou todo o seu conhecimento e habilidades para escrever um artigo cordial sobre Marzouk.

Ao meu amigo nos confins da ausência

Como você é nobre e surpreendente, meu amigo. Você é muito inspirador, de modo que suas perfeições e até mesmo defeitos contribuem para sua beleza. Com você, experimentei o verdadeiro amor que Deus criou. O que nos une é um amor eterno, puro, digno e exaltado. Nosso amor está em um plano diferente dos laços estreitos de parentesco.

Um amor firme e puro, ao contrário do tipo de amor propagado por cineastas e mídia irracional.

É uma dádiva de Deus esse amor, desprovido de impurezas ou artificialidades. Um amor semelhante a um feto perfeitamente formado, um amor sem fim, tão terno quanto o amor que flui das mulheres de nossa aldeia, que estão envoltas em bondade amorosa.

Oh, meu amigo, você desafia as leis da gravidade de Newton dado seu elevado *status*, acima dos mortais. Você é a personificação do Céu na Terra.

Este mundo selvagem e artificial se tornou impróprio para os humanos viverem. Ele está colapsando ao nosso redor, e a civilização, como a conhecemos, está sendo destruída. Gosto, cheiro, cores, faces, sorrisos e sentimentos, tudo isso parece falso hoje em dia.

Você é a única exceção.

Oh, meu amigo, diga-me que você está bem. Peço-lhe para estar bem, pois sua ausência está me deixando doente.

Estou incompleto sem seu sorriso que vale um milhão daqueles sorrisos falsos de Hollywood. Eu me pergunto por que as pessoas se iludem achando que um sorriso é definido por seu "brilho". Ninguém lhes contou que o sorriso é um empreendimento sincero que não tem nada a ver com os dentes?

Voltemos a você, que é como um romance cheio de delícias... um sonho de proporções épicas, uma Ilíada de generosidade, um Carnaval de alegria...

Sinto falta de ver você se aproximando de mim, me enchendo de alegria.

Você é meu tesouro, minha coroa, a fonte da minha inspiração.

Você é uma espécie em extinção.

Nós somos um só.

Sou tão grato pelo acidente do destino que nos uniu neste lugar e durante esta vida!

Sinto falta dos bons e dos maus momentos que passamos juntos, tomando sorvete no auge do inverno e bebendo bebidas quentes no verão escaldante e devorando batatas fritas e pratos estranhos. Sinto falta das mesas lascadas cobertas com manchas de café, do pão assado logo de manhã pelos trabalhadores afegãos que labutam em nossa terra, do chá de menta, do púlpito da mesquita, do minarete, da areia vermelha, dos grãos de café, das cafeterias adormecidas nos submundos da cidade, das feiras de exposição, das brigas de rua, das inúmeras aventuras. Sou grato pela fragrância de *oud*, pelas nossas orações em conjunto, pela estupidez que compartilhamos.

Seus defeitos realçam sua beleza. Você não pode aumentar sua perfeição, mesmo que tente.

Nenhum de nós pode ser inteiro sem o outro. Amo suas fraquezas e provocar você por causa delas. Amo sua tez fica pálida quando estou aborrecido com você.

Anseio pelos nossos debates animados e calorosos, suas ligações em horas estranhas do dia ou da noite, que são ainda mais adoráveis por sua espontaneidade. Eu me alegro com seu avatar do Snapchat — a propósito, ele não se parece em nada com você — que me enche de grandes expectativas para ler seus *posts* envolventes enquanto as mídias sociais estão carregadas com negatividade.

Costumávamos ficar acordados até as primeiras horas do dia, rindo histericamente, tagarelando como crianças bobas, sem nos incomodar com as preocupações do amanhã, dando as costas, alegres, para aqueles que temem o que o amanhã trará.

Amo você por conhecer e amar todos os detalhes da minha vida, mesmo aqueles que desconheço. Você se importa com cada fibra do meu ser, com todas as minhas esquisitices, crenças, ideologias e talvez minhas trivialidades.

Sinto falta de todas as vezes que rimos juntos como se a tristeza nunca tivesse tocado os sete mares. E choramos juntos como se fôssemos os dois últimos sobreviventes no Dia do Julgamento.

Quantas vezes cheguei até você estraçalhado em um milhão de pedaços, e você juntou todos eles.

Quantas vezes cheguei até você como um soldado derrotado, e você me ajudou a ficar de pé.

Quantas vezes compartilhei com você coisas bobas que você aplaudiu, como se fossem grandes conquistas. Você é como um cirurgião talentoso empunhando um bisturi afiado com amor e bondade.

Dentro de seu peito puro jaz bondade ilimitada.

Você é uma daquelas pessoas que entende a linguagem dos olhos e é perito nela, uma linguagem que está se tornando uma raridade. Com você nenhuma justificativa, nenhuma explicação, nenhuma pretensão e nenhuma reserva é necessária. Ignorando quaisquer leis mundanas, somos guiados apenas pelo que está em nossos corações.

Oh meu amigo, tudo o que quero é que você me diga que está vivo e bem.

Uma torrente de perguntas

À medida que o mês do Ramadã se aproximava sem nenhuma notícia de Marzouk, Aref foi ficando desesperado. A lembrança de certas insinuações que Marzouk fez durante a última conversa deles, exasperava-o. Ele se lembrou de palavras inquietantes como "ressentimento", "inveja" e "subterfúgio", que desencadearam uma efusão de perguntas nas profundezas de seu ser.

Marzouk havia cometido algum tipo de crime? Ele roubou alguma coisa ou se envolveu em uma briga física? Não, isso seria impossível. Mais que impossível.

Ele acabou como uma mariposa irresistivelmente atraída para o covil de seu inimigo, na maioria das vezes humano, e se submeteu a ser esmagado até a morte em suas mãos?

Ou Marzouk foi vítima de algum jogo sujo?

Ele morreu em uma explosão destinada a outra pessoa?

Ele foi vítima de sequestro com base na suposição estereotipada de que era um cara rico do Golfo cheio de petrodólares?

Por que ele não confiou em mim quando eu o sondei?

Por que ele continuou fazendo comentários velados em vez de falar abertamente? Embora tivesse certeza de que algo estava errado, por que ele guardou para si mesmo? (E, sim, parecia que seu moral estava baixo quando conversamos pela última vez.)

Estou imaginando tudo isso?

Ele se recolheu para dentro de sua própria concha?

Ou se tornou tão senhor de si que nos dispensou por algum tempo?

Preciso conversar sobre isso com outra pessoa, sem revelar quanto estou perturbado.

Existe alguém mais adequado que Moza bint Mourad para uma missão tão importante?

Você saberá de tudo quando eu estiver morta

Em resposta a um pedido de Hamama, o emir e ancião da aldeia, Abdel Malak, já havia pedido ao seu filho Aref para visitar Moza bint Mourad de tempos em tempos a fim de lhe fazer companhia e tentar persuadi-la a voltar ao seu estado normal. Essa foi uma tarefa agradável a Aref, particularmente porque percebeu que a comunicação verbal de Moza estava ficando cada vez mais abstrata e que ela era uma potencial fonte de material para um projeto de livro.

Moza bint Mourad era um experimento em formação, uma fonte misteriosa de sabedoria e calma equilibradas. Ele se regozijava com suas perguntas sensatas e quase pulava de alegria quando conseguia romper suas reservas e sacar dela um sorriso, algo cada vez mais raro nos últimos anos.

Por estar preocupado com as palavras estranhas de Marzouk, que ainda soavam em seus ouvidos, foi obrigado a ir para a aldeia. Abruptamente, Aref perguntou à velha senhora:

Aref: Como você definiria ressentimento, Mãe Moza?

Moza: (*Olhando para o ponto mais distante da montanha*) O ressentimento gera a forma mais pura de amor.

Aref: (*Perguntando-se se Martiza estava com Alzheimer*) Meu Deus! Como?

Moza: O amor nascido da atração física e de sentimentos românticos, ou preocupações compartilhadas e casamento, brilha com intensidade no início, mas degenera depois que entra em uma rotina sem graça, tão mundana quanto fechar as cortinas, podar as árvores, cortar a grama, enxugar o suor da testa, ou ler o jornal da manhã. Por outro lado, quando duas pessoas com antipatia mútua se unem por um sentimento recíproco em relação a um terceiro, seja ele um ser humano, uma ideologia ou uma campanha de mídia, um programa de TV, ou até mesmo um buraco na estrada, esse ressentimento compartilhado pouco a pouco se transforma em sentimentos mais profundos, que continuam se intensificando até que seu amor destrua todas as outras ideias.

Aref: Santo Deus!

Apesar de saber que as habilidades de Moza em falar árabe se desenvolveram tremendamente graças à tutoria de uma garota local que se tornou professora de árabe e que a leitura favorita de Moza era história e gramática árabe, Aref ficou bastante surpreso com a precisão e complexidade de sua resposta, apesar de uma leve hesitação em pronunciar certas palavras. Isto o fez perceber que Marzouk estava certo em comparar Moza a Srta. Marple, de Agatha Christie.

Depois de digerir sua resposta em silêncio, o constrangimento parcial levou Aref a continuar a conversa.

Aref: Qual a sua visão de orgulho?

Moza: O orgulho natural, que é inerente a uma pessoa, é mais honroso do que a falsa modéstia, que parece tão abominável quanto engolir o próprio vômito.

Aref: Ah, mãe.

De repente, começou uma rajada de vento rodopiante quando ele se sentou no chão ao lado da cadeira de Martiza, lembrando-se de que seus pais lhe ensinaram que uma rajada de vento, independentemente da explicação científica do professor de geografia, era um sinal da passagem de Satanás, reacendendo suas preocupações obsessivas sobre o desaparecimento de Marzouk. Ele disse adeus à velha senhora, que, a princípio, não respondeu, mas o chamou com voz estridente conforme ele começou a se afastar.

Moza: Aref!

Ato contínuo, ele refez seus passos e a olhou com curiosidade.

Moza: Diga a seu pai que a modernidade é uma coisa boa, todavia mudanças repentinas não são do interesse dele. Diga-lhe que ele não deve deixar que o mudem ou extingam sua essência. Ele deve sair de seu santuário com cautela. Eu não desejo ver um povoado totalmente diferente do qual conheço, enquanto o original é lançado nos anais esquecidos da história como uma criança natimorta.

Aref: Explique-se melhor, por favor.

Ele tinha certeza de que ela estava se referindo às rápidas mudanças que ocorreram na aldeia devido à sua exposição ao turismo e à disputa por dinheiro, mesmo assim quis ouvir a resposta dela.

Moza: Seu pai saberá o quero dizer. Tudo o que você tem a fazer é retransmitir minha mensagem.

Aref: Eu o farei.

Moza: No passado, os anjos, sem dúvida, guardavam sua terra, certo?

Aref: Creio que sim. E agora, devemos perguntar a eles? Perguntar aos anjos?

Moza: Claro que não. Pergunte aos aldeões.

Aref: Entendo.

Moza: Baseada na longa experiência deste mundo e de todas suas cidades e aldeias, assim como em minhas análises sobre a natureza humana, acredite, os princípios pelos quais você vive são os mais puros que eu já vi. Por isso, mudanças rápidas são tão perigosas para as comunidades ao longo do tempo. Acredite em mim, filho, ninguém nessa Terra é mais velha do que eu. Sou o ser humano mais velho deste mundo. É verdade o que digo. Avise seu povo. A comunidade que estou vendo agora — não mais a de outrora — é uma confederação de tolos, no sentido mais amplo da palavra.

Aref: Como você diz, meu trabalho é transmitir sua mensagem, usando exatamente a mesma entonação e pronúncia. Diga-me, Mãe, que idade a senhora tem, de verdade?

Moza: Você pode descobrir quando visitar La Paz.

Aref: E se eu não visitar?

Moza: Creia em mim, você irá.

Aref: Não entendo, não tenho planos de ir até a Bolívia.

Moza: Você irá, confie em mim. Você poderá ou não saber minha verdadeira idade quando for, entretanto, descobrirá depois que eu estiver morta.

Abalado e atordoado, Aref virou-se e foi embora.

Um sonho encharcado de sal

Aref sonhou que estava escalando uma montanha íngreme e escarpada a fim de alcançar o poeta Mahmoud Sami El Baroudi, que estava empoleirado na encosta da montanha cercado por misteriosos halos coloridos. Em frente ao poeta estava uma mesa coberta por um mapa do globo, porém sem mares e oceanos. À sua esquerda estava um esfarrapado livro de contabilidade amarelo-acastanhado e, em sua mão esquerda, um bigode falso. Em seu sonho, Aref sentiu que o poeta o estava esperando.

Uma corda desgastada manteve Aref suspenso enquanto ele, alternadamente, se levantava e se firmava para conseguir um ponto de apoio e subir. Com um olho na corda e outro olhando para cima, Aref perdeu o equilíbrio e quase caiu, acordando sobressaltado.

Ele ficou banhado pelo suor escorregadio e salgado daqueles que labutam. Tanto a roupa de dormir quanto os lençóis estavam ensopados com a mesma transpiração encharcada de sal. Por algum motivo, a lembrança das palavras de Marzouk sobre os ricos e os pobres de repente surgiram em sua mente: "Pessoas pobres como nós são de fato miseráveis. A realidade de labutar para ganhar o pão de cada dia nos esmaga a ponto de estarmos sempre cansados, mesmo em nossos sonhos. Nós trabalhamos, corremos e choramos enquanto sonhamos aqueles sonhos exaustivos que martelam, pisoteiam e nos desnudam até nos acordarem inquietos, ofegantes e mergulhados no suor do desespero. Seus ideais podem muito bem ser arremessados nas profundezas do fogo do inferno!". Profundamente chateado e sem esperança de conforto humano, Aref quase correu para o consolo da mesquita.

Quando a oração comunitária do amanhecer terminou, ele orou sozinho, quieto, invocando a ajuda e a orientação de Deus enquanto saía da mesquita. Através das janelas da construção, deixadas abertas devido ao tempo magnífico, Aref ouviu trechos de conversas daqueles fiéis reunidos no pátio para a chamada sessão de cinco minutos pós-oração. Por tradição, essa reunião era feita enquanto os fiéis esperavam seus companheiros irem ao banheiro. Depois, todos iam à cafeteria.

O foco da conversa eram os próximos projetos turísticos (anunciados em um plano quinquenal), incluindo cafés, jardins, mercados locais e centro comercial. Um dos oradores, cuja voz Aref não identificou, mas que, pelo padrão da linguagem, deveria pertencer à geração mais jovem, entrou em mais detalhes:

"O importante é que o acesso ao Wi-fi não seja feito à custa da privacidade pessoal, como acontece nos centros comerciais das cidades. Eles informam a senha apenas depois de solicitar todas as informações desconhecidas até mesmo pelas principais agências de inteligência. Começam pedindo seu número de telefone e endereço de *e-mail*, então as perguntas se tornam tão intrusivas que quase questionam o nome de sua mãe e o tamanho de suas meias, ou o tipo de tecido que forra seu travesseiro e a marca de desodorante que você usa. Eles que se danem! Eles deveriam nos fornecer a senha sem nos incomodar."

Enquanto Aref continuava a dizer as orações imerso em um dilema, palavras desconexas lhe ocorriam:

Coração frio
Giz
Queijo
Garrafa de água
Eu sei
Não seja como ele
Parece ele
Não é ele
Um empréstimo?
Um mestiço
Ao Norte da 60
Bússola
Criar filhos
Insetos
Viajante solitário

A essa altura, pensamentos sobre Marzouk inundaram sua mente. Ele derramou lágrimas em quantidade igual à de suor que seu corpo havia secretado na noite anterior, pensando que esse sal seria suficiente para transformar um rio em um mar!

Uma mensagem de voz

Horas depois, enfim chegou uma mensagem de Marzouk por WhatsApp, contendo dois pontos contraditórios. O ponto positivo é que Marzouk ainda estava vivo; no entanto sua voz soava distintamente estranha, como se ele estivesse falando sob coerção:
"Bom dia, Aref.
Como você está?
A questão... sobre a qual lhe contei.
Estou lhe enviando o número da minha conta bancária e espero... se você conseguir... me enviar seis mil dólares, se puder.
Se puder.
Adeus."
Cheio de medo, Aref ficou se perguntando por que, pela primeira vez em sua vida, Marzouk se dirigiu a ele apenas como "Aref" em vez de "Arouf" ou "Meu querido amigo", como sempre fazia. Por que sua voz transmitia todos os sentimentos de ansiedade experimentados pelos marginalizados da Europa Central? Se Marzouk estivesse falando com outra pessoa, Aref não teria suspeitado, mas essa foi a primeira vez que ele falou com o primo de uma forma tão tensa e tão artificial!
Por que ele estava pedindo uma quantia tão pequena de dinheiro, especialmente considerando os pagamentos tão generosos recebidos pelos aldeões?
Além de todas as circunstâncias estranhas, se essa quantia iria salvar Marzouk ele não he-

sitaria nem por um minuto em pagá-la duas ou três vezes. Porém, havia algo de sinistro no pedido que fez a cabeça de Aref latejar com perguntas não respondidas:

Marzouk foi vítima de roubo? Talvez.

Ele se envolveu em atividades ilegais?

Era impossível imaginar Marzouk cometendo um crime!

Outro cenário sugeria que Marzouk fora vítima de sequestro, daí o pedido de dinheiro. A quantia era muito insignificante, em comparação com o dinheiro de resgates exigido pelos sequestradores sobre os quais lemos nos jornais. Ou a conversa sobre os resgates inflacionados era apenas uma invenção por parte dos editores de jornais pela necessidade de histórias sensacionalistas?

Tomado pela indecisão, Aref resmungou para si mesmo:

O que meus olhos veem e meu coração e alma sentem são bem distintos. É aconselhável não me apressar em nada. Não consigo mais guardar para mim! Onde está você, Moza bint Mourad?

Naranjo

Aref foi ver Moza bint Mourad e a encontrou se levantando de sua legendária cadeira. Ele diminuiu seus passos apressados... Eles se cumprimentaram, e ela, de chofre, lhe perguntou se ele havia transmitido sua mensagem ao seu pai, ao que Aref respondeu que sim, ocultando-lhe a verdade. Então, ele lhe contou em detalhes toda a história que envolvia Marzouk e pediu-lhe conselho.

Depois de um silêncio envolvente, ela respondeu:

Moza: Marzouk me lembra um compatriota chamado Naranjo. Ele era joalheiro e vendedor de flores. Eu não sei quem primeiro o chamou de "pátria", mas, sem dúvida, ele era tanto brilhante quanto frágil, como um cubo de gelo no verão árabe. Pátria e colo de mãe são a mesma coisa. Não importa quanto tempo passe, sempre voltamos a eles.

Aref: E Naranjo, Mãe?

Moza: Nada me toca tão profundamente quanto o termo "amor de mãe".

Aref: Verdade. Mas estou curioso para conhecer a história de Naranjo.

Moza: Marzouk e Naranjo são mais parecidos do que você pensa. Sinto que são gêmeos de alma. Naranjo nunca cometeria um crime no verdadeiro sentido da palavra, e o mesmo vale para Marzouk. Depois de analisar de perto sua personalidade, um vilão ou ladrão — como queira chamá-lo — se aproveitou de sua ingenuidade. Afinal, a lei não protege os tolos. Então, um dia ele se viu envolvido em um caso de lavagem de dinheiro sem ter culpa alguma. Ele era ingênuo, muito confiante ou estúpido — chame-o do que quiser. Como um tolo, ele foi manipulado a assinar uns documentos incriminatórios e acabou em uma cela de prisão de 4 por 4 metros, vigiada por oito pares de olhos, quatro cães e oito cassetetes.

Aref: E o que isso tem a ver com Marzouk, Mãe?

Moza: Ele é a contraparte de Naranjo na terra. Todos nós temos uma, tendo conhecimento ou não delas.

Aref: Por favor, querida Mãe, meus nervos estão em frangalhos.

Moza: Em poucas palavras, com base em minha análise do assunto e no que você me contou, suspeito que o vizinho de Marzouk — aquele de quem ele reclamou — o estava monitorando em segredo. Visando Marzouk como uma presa adequada, ele atacou tão logo a chance se apresentou, usando chantagem ou coerção para enredá-lo. Investigue o assunto, e acho que você descobrirá que minha versão dos fatos é 80% precisa.

Aref: Ah, meu Deus!

Moza: Visto que seu pai é o emir, sugiro que você entre em contato, de forma amigável, com alguém do alto escalão da polícia na capital para que possam estabelecer contato com seu homólogo no país onde Marzouk está estudando. Lembre-se, "de forma amigável" é o termo operativo neste caso. Caso contrário, as coisas podem acabar mal para Marzouk.

Aref: Muito bem.

Moza: No entanto, tome cuidado...

Aref: Com o quê?

Moza: Sob nenhuma circunstância você deve enviar o dinheiro, a menos que vasculhe a fundo esse mistério. O mundo em que vivemos não mostra misericórdia com os de bom coração.

Aref: Farei como você diz. Adeus.

Bases frágeis

Hesitante em contar para seu pai, Aref passou a perambular pela aldeia todos os dias. Começou a sentir-se como um estranho ao ver os enormes canteiros de obras que associava à cidade, mas que nunca imaginou ver em sua terra natal. Ele sentiu como se estivesse vendo um hipopótamo vagando por Khamis Mushait, Um Saeed[8] cavalgando um crocodilo ao entardecer, o ancião Hamama usando *jeans* ou uma bicicleta no topo do prédio mais alto de Washington.

Atordoado e consternado, ele vagou pela aldeia. Ele observou as colunas semelhantes a cobras já eretas ou em construção, cúpulas em forma de caracol e círculos de metal, caminhões com rostos humanos nas laterais, pregos enferrujados, parafusos, cimento molhado como redemoinhos de biscoitos encharcados, cones com letras, sacos rasgados com o nome do fabricante, destroços voando, pneus e caminhões blindados. Era uma cena de derrota e colapso.

Unidades em construção, prédios estranhos, andares sólidos, operários silenciosos com olhos taciturnos, inúmeras placas de sinalização e projetos gigantescos enquanto outros só Deus sabia o que eram.

Apesar do novo *layout*, a mesquita da aldeia continuava no mesmo local, sem nenhuma alteração. Em relação à expansão projetada, no entanto, sua localização seria na periferia. Os novos

---
[8] Um Saeed: personagem fictício.

comércios e lojas constituiriam o coração da aldeia, bem próximo ao hotel. Todas essas mudanças foram concretizadas pela exploração de uma enorme faixa de terra que antes era desabitada.

Para escapar à ganância desenfreada do homem, os animais locais refugiaram-se nas montanhas e nos arredores. Agora avistados raramente nos limites da aldeia, esses animais começaram a morrer. Todos os dias, um leão, um tigre ou uma hiena era enterrado para evitar a propagação de germes da carcaça em decomposição. E a cada duas semanas, mais ou menos, os aldeões viam os restos de um lobo comido por abutres que morriam depois de devorarem suas presas. Ninguém sabia ao certo a causa da morte dessas criaturas, embora alguns a atribuíssem à fumaça emitida pelas zonas de construção. Outros citavam a incapacidade das feras de coexistirem com os forasteiros invadindo seu ambiente, com total desconsideração pelo tipo de coexistência que haviam conhecido com os aldeões. Talvez tenha sido a urbanização destrutiva do hábitat dado por Deus aos animais, em todos os seus ricos detalhes e mistérios, por humanos famintos por dinheiro. Ou era tão somente a combinação de todos esses fatores.

Ainda pensando na bomba, que continuava escondendo, Aref voltou seus pensamentos a Marzouk. Ele queria surpreender seu vizinho e primo com a maravilhosa notícia de seu primeiro livro; infelizmente, Marzouk o venceu com a pior surpresa possível.

O nascimento de um livro

Aref vinha guardando a notícia de que seu primeiro livro seria publicado em breve como uma boa surpresa para toda a comunidade. Contudo, sua angústia com relação ao destino de Marzouk ofuscou a surpresa que ele havia planejado.

Reconhecendo e estimulando o talento de Aref, seu orientador acadêmico o colocou em contato com uma editora, e um contrato foi assinado. Os editores sugeriram agendar o evento de autógrafos de modo que coincidisse com a inauguração de uma nova livraria importante na capital, nos moldes da livraria El Ateneo, em Buenos Aires. O evento contaria com diversos outros autores e ofereceria cinquenta exemplares complementares do livro de cada autor.

O plano de Aref era participar do evento de autógrafos, que aconteceria pouco antes do Ramadã, sem anunciá-lo à comunidade. Depois, faria uma grande festa na aldeia durante o Ramadã, época em que o dia e a noite se invertem, na esperança de que Marzouk já tivesse retornado em segurança para cumprir sua promessa de ajudar Aref a se preparar para essa festa, assim como Aref o apoiou na organização da celebração pré-estudo no exterior. Murmurando para si mesmo, refletiu com seus botões:

"O dia feliz está se aproximando, mas Marzouk está em uma situação terrível, sofrendo, desesperado e sozinho, como sua voz o denunciou. Não havia sinais de que ele retornaria durante esse mês abençoado. Ah, como os seres humanos são indefesos!"

Apenas alguns meses antes, a aldeia havia comemorado com alegria a bolsa de estudo que Marzouk ganhara para estudar no exterior, sem a menor suspeita de que seria uma experiência catastrófica que o levaria ao seu desaparecimento. Se eu apenas soubesse onde ele está! Ou qual é o seu dilema! E se o Ramadã chegar e ele não retornar? Como posso continuar enganando a família e a aldeia inteira agora que a contagem regressiva começou? O que todos nós faremos então? Devo dizer a eles que ele virá nos últimos dez dias do Ramadã? Ou na véspera do Eid? Assim posso ganhar tempo.

Mas, e se a demora perdurar e ele não chegar?

O que está de fato acontecendo? Ele está nas garras de uma gangue? Ou ele foi expulso da universidade por alguma razão? Não, não pode ser. Eu tenho que saber. Meu pai tem que intervir. Eu tenho que seguir o conselho de Moza bint Mourad.

Aref encontrou seu pai sentado no pátio ouvindo o rádio, um aparelho pequeno e frágil que substituíra o volumoso rádio cinza herdado de seu pai e agora relegado a um canto esquecido. Afinal, fazia parte do gradual processo de mudança.

Beijando a testa de seu pai, Aref ocupou seu lugar habitual ao lado dele. Ele pensou em iniciar a conversa com o assunto sobre desenvolvimento e as severas advertências de Moza sobre rápidas mudanças. Contudo, ele percebeu que seu pai já havia entrado na onda do crescimento progressivo que, segundo as discussões anteriores sobre os ricos e os pobres, se chocava com o conceito de "atraso".

Relutante em sobrecarregar sua mente já perturbada, descartou o assunto. Com o olhar fixo nos olhos de seu pai, Aref lhe disse tudo sobre o problema de Marzouk, do começo ao fim. O pai respondeu que faria uma visita à sede da polícia da cidade para discutir alguns assuntos de rotina, depois abordaria o outro assunto e esperaria para ver o que planejavam fazer. Com um gesto desdenhoso, voltou sua atenção para a previsão do tempo no rádio (lida por um locutor com voz de trovão), como se seu filho tivesse se misturado à mobília.

Após um beijo superficial na testa e um adeus casual, Aref seguiu seu caminho.

Uma celebração morna

No dia seguinte, Aref recebeu uma carta do editor em resposta a um pedido que havia feito anteriormente, depois de muito pensar, para adiar o lançamento do livro até segunda ordem. Como o único pensamento na cabeça de Aref era o retorno seguro de Marzouk, se fosse preciso ele adiaria o evento por um ano, apenas garantir a paz de espírito.

A carta do editor dizia o seguinte:

Uma relação entre autor e editor que se inicia com adiamentos não é um bom presságio, demonstrando uma atitude muito imprudente e negligente. Por essa razão, o lançamento ocorrerá conforme previsto. Se você optar por não comparecer, meu amigo, considere o contrato entre nós nulo e sem efeito, conforme o artigo 3B. Atenciosamente.

Depois de muitas idas e vindas, o editor se manteve firme com relação à data do evento, entretanto concordou com uma mudança na "Dedicatória" apenas horas antes do livro ir para impressão. Para aquele que esperava nunca escrever baseado em suas implicações negativas, um sentimento de lealdade levou Aref a mudar a dedicatória de "Para a aldeia onde eu nasci e cresci, e onde serei enterrado" para "Para meu amigo, nos confins da ausência".

Em um estado misto de triunfo e tristeza, Aref compareceu com relutância ao lançamento do livro. Ele estava alerta, mas ausente, oscilando entre consciência e devaneio.

Ainda que tenha decidido informar a aldeia de que Marzouk voltaria no Eid, não havia como escapar de realizar a celebração do Ramadã, especialmente porque a notícia sobre seu livro havia se espalhado. Por sugestão do emir, essa celebração foi a primeira a contar com um banquete no estilo bufê, em colaboração com o Hotel dos Ursos. Houve algumas objeções à ideia de um bufê; no entanto, dado o espírito de modernização que assolava o povoado, a porcentagem de objeções era inferior a cinquenta por cento. Apesar dessa resistência parcial, todos se juntaram à celebração.

Conforme combinado com o próprio hotel, todo o restaurante foi reservado para o bufê das mulheres, enquanto uma das áreas abertas no meio da aldeia serviu de local para o bufê masculino. Foi então, e somente então, que se ergueram as vozes dos contrários ao bufê em protesto contra o isolamento imposto pelo conceito. Eles apontaram que cada pessoa ficaria confinada ao seu próprio prato e talheres, afirmando pela primeira e última vez que comer com as próprias mãos é um ato abençoado. Em oposição à ilusão de compartilhar uma refeição, mãos se juntando em um prato comunitário consolidam um sentimento de unidade que corre nas veias. Dito isso, todos comeram com vontade, e tiros foram disparados em comemoração, embora mais moderados do que o normal.

Só Aref se sentia como um forasteiro sem dinheiro, consumido por uma sensação de estar se afogando em uma betoneira. A despeito da sensação terrivelmente sufocante, ele sorriu para mascarar sua ansiedade incômoda em relação a Marzouk. Se o primo estivesse lá para comemorar com ele, Aref tinha certeza de que a alegria de Marzouk teria superado a sua.

Depois que todos foram embora, o pessoal do hotel veio recolher as mesas, cadeiras e toalhas. Após isso, Aref sentou-se no chão e deu lugar às lágrimas. Não eram lágrimas de alegria por ter seu primeiro livro publicado — eram de angústia e perda por Marzouk. Com o peito arfando, ele deixou que seu pranto jorrasse como em Salto Ángel, na Venezuela, sem enxugá-lo, proporcionando a sensação de alívio que se segue a uma explosão de emoções. Enquanto estava sentado lá, banhado em seu choro, ele teve um vislumbre da estranha criatura das montanhas, o *makhboos*, aparecendo pela primeira vez em anos, e se encheu com uma estranha sensação de euforia.

O envelope pardo

No dia seguinte, Aref encontrou seu pai na entrada da mesquita, após a oração do meio-dia. Quando foi fazer suas abluções antes da oração, ele decidiu esvaziar sua mente de todos os sentimentos confusos que atormentaram sua noite de sono.

Seu pai lhe disse que havia solicitado aos seus contatos na capital para acompanhar o caso de Marzouk. Eles o informaram que a cooperação formal com aquele país em particular era, na melhor das hipóteses, morna, e ainda mais fria no caso de interações amigáveis em nível não oficial. Dito isso, seus amigos prometeram ajudar tanto quanto possível e mantê-lo informado sobre o desenrolar dos acontecimentos. Depois de recolher a correspondência na caixa postal da cidade, o pai de Aref disse-lhe que pegasse com sua mãe algumas cartas endereçadas a ele.

No caminho para a casa de sua mãe, Aref de repente percebeu que não havia comido Suhur[9] com ela na noite anterior, como costumava fazer durante este mês abençoado. Ele também se lembrou de que não havia contado detalhadamente a ela sobre sua própria celebração, ela que adorava dar e receber detalhes. Ele também não a perguntou como foi a festa das damas.

Para compensar essa falha, quando ele chegou, os dois conversaram sobre os mínimos

---

[9] Suhur: também chamado de Sahari, Sahrī ou Sehri é a refeição consumida no início da manhã pelos muçulmanos antes do jejum, antes do amanhecer, durante ou fora do mês islâmico do Ramadã.

detalhes de cada aspecto desse evento, começando com o tipo de comida servida, as coberturas faciais dos convidados até o rato que viram enquanto as senhoras estavam saindo do hotel. Aref também contou à sua mãe sobre o número de convidados do sexo masculino, alguns dos comentários negativos, a cor dos pratos e o ornitorrinco que encontrou na calada da noite.

Depois de beijar a mão da mãe, Aref pegou os envelopes endereçados a ele e foi para seu quarto. Espalhando-os sobre a cama, examinou cada um: um comunicado de rotina do banco destinado à lixeira, uma carta de uma companhia desconhecida e uma do Ministério do Turismo contendo panfletos que ninguém se deu ao trabalho de ler. No entanto, o último envelope se destacou. Não era apenas de uma cor incomum, mas claramente havia sido enviado do exterior. Seu nome estava no envelope com uma caligrafia que ele conhecia muito bem. Ele o rasgou e tirou a carta de dentro, seus olhos fixos no nome no final do texto. Era Marzouk.

A carta dos sete encerramentos

Eu não sou bom. Eu não sou o melhor entre os maus.

Eu sou um homem cético sem qualificações, significâncias ou amigos. Todos os projetos pessoais, ideológicos e sociais a que aspirei, ruíram por causa desse ceticismo.

Não sirvo para quase nada.

Eu sou incapaz de amar e incapaz de odiar, inadequado para amizade e inveja. Não sou apto para o casamento.

Estou apto apenas para sentir raiva. Sou um estudo em raiva.

Eu sou um dilema e um enigma. Sou um *quantum* de queixas e opressão e de abuso.

Eu sou um homem que chora em silêncio absoluto, independentemente de onde estou.

Eu sou um tagarela que fala em sussurros.

Eu sou um homem em oposição permanente.

Eu sou um homem cuja ausência não conta para nada e ninguém, como um pente que falta em um quarto de um careca. Sempre estou sozinho. Apesar de ter milhões de pessoas em volta de mim, não há teto para minha solidão.

Eu sou um homem triste cuja tristeza é contagiosa.

Eu sou lenha e fogo.

Eu sou a ferida e o curativo.

Eu sou o cadáver, a sepultura e o coveiro, os três, ao mesmo tempo, sendo.

Eu sou o germe e o desinfetante.

Eu sou o fabricante de caixão e o morto dentro dele.

Eu sou o opressor e o oprimido. Sou o perpetrador e a vítima.

Eu sou uma alma viva em roupas de um homem morto e uma alma morta em roupas de um homem vivo.

Eu sou um homem destruído à beira do colapso.

Estou sendo conduzido para a morte com os olhos bem abertos.

Eu sou o executor (agente) e o objeto mantido.

Eu sou um homem urbano tão fraco quanto uma cabra recém-nascida (cabra filhote).

Eu sou um rejeitado pela sociedade, desdenhado por todos.

Não me destaquei em nada em anos e, quando o fiz, eles invejaram minha educação.

Muitas vezes eu gritei alto sem ninguém para me ajudar.

Eu atravessei e alcancei a vitória sobre meu sofrimento sozinho, emocional, material e logisticamente.

Eu sou um homem desesperado como uma cortina esfarrapada em uma casa localizada em um local radioativo.

Eu sou o carcereiro e o prisioneiro.

Eu sou um homem do campo tão forte quanto um homem imune à morte.

Eu sou um homem com a delicadeza de uma gota d'água brilhante em cima do guarda-chuva de uma criança.

Eu sou um homem cheio de vigor, como um bombeiro apagando o incêndio na casa da noiva.

Eu sou um homem espancado como se fosse a única pessoa deixada para trás depois que sua família e amigos deixaram a aldeia.

Estou exausto.

Eu sou um homem que não dá desculpas nem tenta.

Eu sou um homem que conhece a essência da derrota em seu exato lugar.

Eu sou um homem que bebeu, gota a gota, do cálice da miséria.

Eu sou um homem que pode contar de trás para frente o sofrimento, a repulsa e a opressão da sua vida.

Eu sou um homem que pode levantar depois de cair, que sabe cair depois de ficar de pé.

Eu sou um homem viciado em renascer das cinzas.

Eu sou um homem que tentou redefinir a vida, mas acabou girando no espaço, como o questionamento fútil dos israelitas sobre o novilho de prata.

Eu sou um homem que se conforma com as perdas a ponto de aceitá-las.

Eu sou uma anomalia em estudo.

Eu sou uma guerra da qual ninguém volta para casa, sem vencedores e nem perdedores.

Eu sou uma paz que chegou tarde demais.

Eu sou um coração que é dado de bom grado, só que não pela força.

Eu sou um homem que não tem mais tempo de lutar contra a feiura, exceto contra a feiura que está dentro de minha alma. Qualquer que seja o tempo que me resta, eu desejo passar comigo mesmo.

Se sou compelido a passar esse tempo com outras pessoas, devem ser pessoas genuínas, que não desperdiçam nem exageram.

Pessoas que falam mais dos outros do que de si mesmas.

Pessoas que mudam o assunto durante a conversa quando notam o desconforto de seu ouvinte, como se pedisse ajuda.

Pessoas que olham para o lado quando uma criança bonita, mas deficiente, está passando.

Pessoas que conseguem rir minutos depois de enxugar as lágrimas.

Pessoas que são enterradas às oito horas e emergem de sua mortalha opressiva meia hora mais tarde para abraçar a vida outra vez.

Pessoas que domam a vida como se fosse uma zebra em um zoológico.

Pessoas que são fortalecidas pela adversidade e veem a morte como uma força vitalizadora.

Pessoas que não se importam se fazem bagunça enquanto comem em um restaurante lotado.

Pessoas que não removem a etiqueta de preço para evitar serem ridicularizadas ou acusadas de se exibirem.

Pessoas que sovam a vida, a engolem e são abandonadas pela sorte, o sono e a família.

Pessoas pouco sofisticadas que não acertam seus relógios quando viajam, que vestem as mesmas roupas dois dias seguidos e desdenham de quem compra roupas de grife a prestações.

Em suma, pessoas que desempenham um papel, ainda que parcial, no adiamento da minha morte inevitável.

Seu amigo, Marzouk.

Diálogo com o teto

Aref se esticou na cama para restaurar sua circulação sanguínea. As ideias começaram a brotar de sua cabeça como água caindo das costas de uma baleia. Aref olhou para cima, como se estivesse se dirigindo ao teto:

Esta carta tem um significado oculto. Conheço Marzouk de dentro para fora. Deve haver algo significativo nesta carta. Ele poderia ter usado tinta invisível? Não, não, não se entregue a ideias velhas e surradas que servem tanto quanto pneus gastos.

Talvez ele quisesse transmitir uma mensagem velada?

Ele estava em perigo? Ele está sendo mantido como refém, e é por isso que ele não pôde escrever explicitamente?

Mas por que ele não mencionou o dinheiro? Isso era uma cortina de fumaça?

Uma mosca pairou por perto e, de maneira incomum, Aref permitiu que ela pousasse em seu longo nariz pontiagudo, atordoado demais para afastá-la. De repente ele se sentou, pensando muito:

Por que a carta foi intitulada "A carta dos sete encerramentos"? Superficialmente, o título parece não ter relação com o conteúdo... Mas deve haver uma ligação oculta! Se juntarmos as últimas sete letras das últimas sete frases, chegaremos a um código secreto? Não, essa palavra não indica nada. Na verdade, essas letras não me darão nenhuma palavra significativa porque as letras não fazem sentido juntas. E se eu reorganizasse as palavras? Há algum tipo de pista de que o carro que Marzouk estava dirigindo colidiu com um animal? Ele pode ter se machucado e ido ao Pronto Socorro. Se não nos envolvermos, a vida dele correria perigo?

Não, não, isso não faz sentido. Por que ele usaria código se estivesse no hospital? A equipe médica foi mais cuidadosa do que Marzouk em garantir que a carta fosse devidamente entregue à sua família e amigos?

Quando ele estava prestes a correr em desespero à sua salvadora, Moza bint Mourad, uma ideia surgiu em sua cabeça de repente e ele decidiu fazer uma última tentativa.

Talvez a palavra "encerramentos" e o número "sete" se refiram à última palavra a cada sete frases.

Era uma frase?

De repente ocorreu-lhe que o pronome repetido "Eu" havia sido colocado ali de propósito, então com certeza denotava alguma conexão com a situação de Marzouk.

EU — ESTOU — SENDO — MANTIDO — PRISIONEIRO — LUGAR — ESTUDO — AJUDA — RAPIDAMENTE

É isso! É uma frase adequada que faz todo sentido!

Juro por Deus que vou salvá-lo ou perecer sem você!

Ele gritou essas palavras com tanta força que o teto parecia prestes a desabar.

Suporte logístico

Sete noites e oito dias foram decisivos para permitir que a equipe de apoio logístico superasse a astúcia do adversário, conforme apurado pelos oficiais superiores após Aref decifrar a mensagem codificada.

O corpo militar local enviou uma carta para seu homólogo estrangeiro que continham frases como "Chegou ao nosso conhecimento", "Nós estamos alertando sobre as consequências se algum julgamento forjado for feito", "Nós os responsabilizamos pela segurança de nosso cidadão Marzouk", "Nós reportaremos esse incidente ao consulado", "Seremos obrigados a fazer disso um incidente internacional", e assim por diante. Após esforços comuns com entidades locais e estrangeiras, o processo judicial foi arquivado sem pagamento de um único centavo. Por acordo com a universidade, Marzouk receberia um certificado especial similar ao Certificado de Conclusão originalmente concedido, em reconhecimento aos seus estudos e contribuições durante sua estada, com a condição de que Marzouk deixasse o país o quanto antes.

Enquanto esses procedimentos aconteciam, Aref começou a tomar algumas medidas de precaução para que os aldeões não se preocupassem. Ele pediu que seu pai interviesse, informando-os de que certos problemas acadêmicos haviam causado o atraso de seu retorno, sem mencionar, é claro, que o menino estava na prisão. Era uma questão de tempo, ele lhes disse, até que Marzouk voltasse para seu povo.

Alguns dias depois do Eid, Marzouk chegou e foi recebido com entusiasmo genuíno, embora de forma secreta, por Aref e seu pai, o melhor cenário possível de muitos outros antecipados por Aref. Dominado pela emoção, ele não conseguiu abraçar o amigo, contentando-se apenas com uma saudação formal e pedindo-lhe que evitasse falar.

Voltando à aldeia como um herói conquistador, Marzouk foi saudado pelo som de tiros de bala de canhão vindos da direção da montanha, uma celebração praticada apenas no Ramadã e no Eid para denotar que um grande evento havia ocorrido. As pessoas jogaram seus braços em volta de Marzouk, abraçando-o, beijando-o e louvando seu retorno com palavras de boas-vindas, especialmente porque havia um boato de que havia recebido seu certificado em apenas um ano em vez de quatro, um sinal claro do brilhantismo acadêmico de seu representante. Este foi um movimento muito eficaz, a invenção de Aref e de seu pai, pois isso intensificou os sentimentos de alegria na aldeia enquanto mascarava a verdadeira história por trás de seu retorno. Um Saeed Zakheera então pediu aos aldeões que deixassem o menino descansar um pouco após sua cansativa jornada.

Antes de deixar as festividades e voltar para casa, Marzouk sentiu-se obrigado a cumprimentar "a mulher mais velha do mundo". Embora suas palavras de boas-vindas fossem esparsas e suaves, a emoção em seus olhos era tão profunda quanto a Fossa das Marianas no Oceano Pacífico.

O passeio das memórias nostálgicas

Alguns dias depois, Marzouk notou as mudanças perturbadoras que transformaram sua aldeia em um tempo tão curto. Depois de sua provação, que trouxe tantas dificuldades e sofrimento para ambos, ele e Aref voltaram à passarela para revisitarem suas memórias juvenis.

Aref: Para que servem os amigos, Marzouk?

Marzouk: Para nos manter sob controle quando agimos impiedosamente.

Aref: Que resposta inteligente! Juro, meu amigo, que essas poucas palavras são tão profundas que poderiam formar a base da Constituição!

Marzouk: Você é a fonte de toda a sabedoria.

Depois de um profundo silêncio, durante o qual as palavras de Marzouk soaram nos ouvidos de Aref como o bater de asas de um pombo recém-aprisionado em uma gaiola estreita, uma torrente de palavras saiu da sua boca:

Marzouk: Eu já mencionei aquele vizinho que ficava tentando se aproximar de mim, mas eu o detinha. Enfim, esse canalha continuou me dando presentes simbólicos, como pendurar um saco de Ferrero Rocher na minha porta com um bilhete dizendo: "Para meu vizinho querido". Em outra ocasião, ele enfiou alguns cupons de cortesia da lavanderia por debaixo da minha porta. Graças ao seu relacionamento com o reitor, ele conseguiu descobrir a data do meu aniversário e me deu um bolo delicioso. Ele também tentou me aproximar de seus familiares a fim de me fazer sentir um deles. Primeiro, apresentou-me seu filho, em seguida seus primos. No princípio, eu resisti, depois comecei a gostar dele. Está claro que ele, pacientemente, estava jogando... ele nunca foi agressivo ou intrusivo, porém sempre parecia pairar ao meu redor de uma forma discreta. De vez em quando, ele me convidava para tomar um sorvete ou para um café. Hoje percebo que ele deve ter me observado bem de perto, porque nunca sugeriu nenhuma atividade que se chocasse com minha formação cultural ou religiosa, como beber álcool ou me "divertir". Entretanto analisar minha personalidade era uma parte fundamental de seu plano maléfico. Comecei a aceitar mais convites dele envolvendo mais conversas e presentinhos até chegar ao ponto de aquiescer a todas as suas aberturas amigáveis.

Essa pessoa observou minha natureza introvertida e modos prestativos, bem como quanto eu respeitava o sexo oposto. Respeitava, não explorava. Respeitava, não desprezava. Sim, respeito é uma palavra crucial aqui.

Aplicando uma política de lisonjas, o vizinho deu grande importância às minhas proezas acadêmicas, até encher minha cabeça com meu próprio brilhantismo, como se estivesse pescando um peixe. Depois de várias semanas de interação, quando ele já estava me fazendo de marionete, ele desferiu o golpe fatal, pedindo-me ajuda. Ele foi muito cuidadoso em me fazer sentir que eu tinha a opção de recusar, para me prender de jeito na ratoeira. Então, eu concordei em ajudá-lo mesmo sem saber o que esse favor envolvia. Ele me informou que o escritório de advocacia que administrava (parecia que a única ocupação que nunca exerceu foi a de presidente de um país) havia preparado um documento legal que tinha uma certa semelhança com um dos casos em que trabalhei e pelo qual fui premiado. Ele queria que eu revisasse o texto que ele e seu colega haviam elaborado e acrescentasse meus comentários, que naturalmente não eram do ponto de vista jurídico, dada minha falta de especialização. Eu estaria apenas contando com minhas habilidades acadêmicas e perspicácia. Como estava ocupado trabalhando em outro caso, ele me pediu que encontrasse um de seus funcionários na sorveteria depois de duas horas.

Cheguei um pouco mais cedo com outro interno, um estudante angolano com um coração de ouro, que se ofereceu para me acompanhar.

A funcionária loira nos convidou para um sorvete de pistache coberto com calda de chocolate. Estava delicioso, mas tudo que se seguiu foi amargo. Ela me entregou o documento e muito gentilmente me pediu que o revisasse. Enquanto estava fazendo isso, talvez por uns 15 minutos, ela iniciou uma conversa amigável com meu amigo. Quando eu terminei de ler o documento, adicionei duas revisões usando uma caneta que ela havia me dado, o que, na verdade, foi a faca que me apunhalou pelas costas. Ela pegou o documento de volta e disse que o sorvete estava no escritório. Então, ela saiu levando o documento debaixo do braço.

Horas depois, o vizinho maldoso ligou e perguntou em tom insolente:

"O que o fez revisar o documento?"

Incapaz de entender o que ele estava dizendo, permaneci em silêncio, como um corpo de um golfinho levado à praia. Ele repetiu a pergunta em um tom mais veemente que sugeria que estava falando com os dentes cerrados:

"O que o fez revisar o documento?"

"Inocentemente perguntei: Qual documento?"

"Você está de brincadeira comigo?"

"Claro que não."

"Por que você revisou o documento à mão? Você não entende o que fez?"

"Com uma inocência atônita, respondi: 'Você não me pediu que fizesse isso? Você não disse que estava em inglês para facilitar para mim?'"

"Você tem alguma prova disso? Você tem uma prova escrita? Ou você só está falando besteira?"

"O quê?"

"Você me ouviu."

"Eu lhe ajudei por ser meu vizinho e colega! O que está acontecendo?"

"Você tem provas?"

"Do que você está falando, meu amigo?"

"Eu não sou seu amigo!"

"Desculpe-me, mas..."

"Para resumir, Marzouk, estou com dificuldades financeiras e quero 50.000 dólares."

"E o que isso tem a ver com o documento legal?"

"Meu caro rapaz, sou alguém que conhece os meandros da lei. Para ser mais específico, conheço os meandros do meu país. O judiciário em nossa pequena cidade não é de todo honesto e não é monitorado de perto como os das cidades grandes. Deixe-me ser franco. Com pouquíssimas exceções, o judiciário aqui é corrupto. Eu posso incriminá-lo. Sim, incriminá-lo. Você está envolvido porque escreveu comentários de próprio punho, e a lei não protege tolos. Também gostaria de lhe informar que os policiais daqui podem ser comprados por um preço menor que o de um sorvete."

Meu poder de fala foi temporariamente roubado, então ele continuou:

"Você pode ficar de boca fechada quanto quiser, mas, creia-me, as grades da prisão irão emudecê-lo."

Minha vida inteira parecia passar diante de meus olhos durante aquele longo momento de silêncio.

"Você tem 24 horas para depositar o dinheiro em uma conta cujo número enviarei depois de desligar. Se você não pagar, me encontrará no tribunal. Entretanto, se você jogar o meu jogo, poderá continuar vivendo sua vida. Adeus."

Recebi uma mensagem de texto com o número da conta. Então comecei a repassar a desconcertante reviravolta dos acontecimentos. O que estava acontecendo comigo? Continuei andando sem pensar pelas ruas, sentindo-me perseguido e confuso. Profundamente convencido de minha própria inocência e incapacidade de fazer o mal, disse a mim mesmo que não havia nada a temer. Então, apenas fui para casa e caí em um sono estranho em que meu corpo físico estava dormindo, mas toda minha psique estava bem acordada.

Na manhã seguinte, fui para a aula distraído. Passado o tempo limite, dois policiais me agarraram no meio do pátio da universidade. Sem pronunciar uma palavra ou me mostrar qualquer documento de identidade ou mandado de prisão, algemaram-me, diante do olhar horrorizado dos estudantes. Eles me enfiaram em um velho jipe da polícia, tão acabado quanto um maço de cigarros. Todos nós permanecemos em silêncio enquanto eu estava sendo levado para meu destino desconhecido, tomado pelo desespero.

Antes que você jogue a culpa em mim, primo, serei o primeiro a admitir que fui um tolo. Eu deveria ter consultado você ou contratado um advogado. Até liguei para o consulado, mas fui uma presa inocente em uma floresta de lobos. Eu sabia que você sugeriria que eu o pagasse e então fugisse, ou algo do tipo. Já basta que me culpe, não tenho energia para mais culpa. Deus queria que isso acontecesse.

Eu estava em uma situação difícil, cercado por pessoas que eram o epítome da repulsa. Eles levaram todos os meus pertences pessoais, minha carteira, telefone e até minhas roupas. Deram-me um conjunto marrom para vestir e me levaram para a cela com uma cama de metal, lembrando que o sono era um tipo de morte.

Uma semana inteira se passou, e eu quase fiquei louco. Eu não falava com ninguém, nem comigo mesmo. Eu estava em um estado de autorretraimento, abstendo-me de expressar meus pensamentos íntimos, como qualquer pessoa normal teria feito. Foi uma semana de silêncio e isolamento completo. Sem qualquer aviso, vendaram-me os olhos e me levaram para outro destino desconhecido. Ao chegar, eles removeram a venda, e eu vi que estava em um tribunal que mais parecia uma cabana de junco. Eles falavam em um idioma desconhecido, não forneciam tradutor, nem advogado ou qualquer outra coisa. Acabei em uma das três maiores prisões daquela cidade na companhia de inúmeros detentos locais. Bastou um olhar para a nuca deles para reconhecê-los como criminosos. Os poetas não falam da linguagem dos olhos? Eu lhe digo que a nuca de alguém é um sinal claro de que são criminosos calejados ou novatos.

Exceto por alguns olhares penetrantes, nenhum dos outros detentos me machucou de forma alguma. Acostumaram-se com minha presença, principalmente nas horas das refeições e no intervalo para exercícios, permitido três semanas depois. Parado naquele pátio, eu costumava observar o céu todos os dias em todos os seus vários humores — mal-humorado, zangado, miserável ou proibitivo. O sol não sorriu para mim nem ao menos uma vez, exceto quando o contemplava em minha terra natal.

Eu me acostumei com a sensação de desespero. Pode-se dizer que foi um tipo de morte lenta em que desisti de todas as esperanças de que alguém pudesse me encontrar naquele lugar desolado. Eu costumava fantasiar que você,

Aref, meu amigo, viria atrás de mim em uma nave espacial ou que um míssil (igual aquele que atingiu nossa aldeia) iria destruir a prisão para que eu pudesse fugir. Tais são as reflexões de uma pessoa sendo inexoravelmente arrastada para a morte...

Como uma anormalidade genética, um dos carcereiros, de não mais que 39 anos de idade, parecia ser um cara legal. Quando olhei para a nuca dele, disse a mim mesmo que ele havia sido obrigado a praticar o mal. Olhando em seus olhos, ele parecia ser alguém decente. O melhor de tudo, foi que ele puxou conversa em inglês comigo, um idioma que tinha algo a ver com sua mãe, o que obviamente me animou muito.

Ansiava pelo plantão desse carcereiro, que mudava toda semana, para trocar algumas palavras atrás das grades da minha cela ou durante as refeições. Quando lhe contei minha história, seus olhos marejaram, mas conteve as lágrimas de solidariedade.

Nosso conhecimento limitado da língua inglesa era quase igual, o que não impediu que tivéssemos uma comunicação razoável. Uma vez perguntei a ele por que ler e escrever não eram permitidos nessa prisão. Ele deu de ombros e disse que era a lei. Simples, assim. Então, disse a ele algo que você me ensinou uma vez — que escrever é uma maneira de se autocurar quando as coisas ficam difíceis.

O carcereiro ficou bastante impressionado com essas palavras, as quais sempre repetia. Ele então observou que nenhum criminoso diria tais palavras (não sei até que ponto essa generalização é correta), prometendo que faria o possível para me ajudar dentro do escopo de suas limitadas autoridades.

A ajuda veio na forma de me dar porções de comida mais generosas ou contrabandear uma barra de Snickers, Mars ou Milk Way. Embora eu, via de regra, não me importe com essas marcas, no lugar onde eu estava elas pareciam um presente do céu.

Eu apresentei Agatha Christie ao meu novo amigo, o guarda de bom coração, e até lhe dei uma lista simples de leituras, de acordo com seu modesto nível de educação e seu papel de pai de duas filhas pequenas. Ele continuou a me ajudar de maneiras cada vez mais importantes, como contrabandeando meu telefone enquanto eu usava o banheiro. Ele o pegou da Sala de Propriedade anexa ao prédio principal da prisão na calada da noite, me contando que havia contado minha história a um de seus sogros que, por acaso, era amigo de um juiz. Acabou que esse juiz estava disposto a arquivar meu caso (com 99% de chance) em troca de seis mil dólares, uma quantia relativamente modesta que não levantaria suspeita no mercado de câmbio. Ele me deu um número de conta para depositar o dinheiro, conforme repassado a você em minha mensagem de voz.

A maior parte do dinheiro que recebia está sob a custódia de meu pai, quero que saiba. De acordo com os termos da bolsa de estudo, a mensalidade e a moradia eram gratuitas — tudo de que precisava era de dinheiro para livros e para despesas de moradia. A pequena quantia em minha carteira seria suficiente para os procedimentos de soltura, assumindo que eu conseguisse ser solto.

Acredito que você esteja pensando agora se o guarda não estava tentando me enganar. Eu também cheguei a duvidar, mas quando olhei para seu rosto redondo e brilhante, não vi sinal de engano. Como eu era um homem com a corda no pescoço, e uma vez que se tratava de uma modesta quantia, eu decidi arriscar e enviar aquela mensagem de voz pedindo o dinheiro. Gravei essa mensagem em um banheiro imundo destinado aos detentos, com o guarda literalmente em cima da minha cabeça. Sabendo como você aborda os problemas, eu esperava que você examinasse a situação com muito cuidado. Sabia que você desconfiaria e evitaria se apressar na tomada de decisão, o que acabou sendo uma coisa boa. Depois da minha libertação, fui informado pelo meu amigo angolano de que esse suborno teria funcionado contra mim, pois seria interpretado como mais uma prova do "crime", que supostamente era a falsificação de documentos oficiais autenticados, como descobri mais tarde. Portanto, embora o gentil guarda tenha feito a oferta de boa-fé, agir de acordo poderia ter sido muito imprudente.

Voltando à gentileza do guarda, embora ele continuasse me dizendo que o dinheiro não havia sido transferido, ele sentiu tanta pena de mim que secretamente me deu papel e caneta. Depois que meus companheiros de cela iam dormir, sem dar um pio, eu me esgueirava para um corredor escuro a fim de buscar refúgio na escrita, agachado sob uma lâmpada pendurada que me lembrava o laço do carrasco.

Mais tarde descobri que o guarda arrancava as páginas dos cadernos de desenhos da sua filha enquanto as canetas estavam à mão. Enquanto eu estava lá, escrevendo, ele me olhava com o mesmo olhar de orgulho de uma mãe na cerimônia de formatura de seu filho em uma universidade importante, com honras, claro.

Em meu lugar secreto de escrita, uma cascata de palavras e letras pareciam refletir cada parte de meu coração, corpo e alma, os respingos de tinta lembrando gotas de sangue — meu sangue que estava se esvaindo em uma terra estranha.

Depois que terminei de despejar minhas palavras no papel (que levou menos de uma hora para evitar ser pego e colocar o guarda em apuros), meu protetor me perguntou, com um sorriso vitorioso, se eu havia sido curado. Eu sorri, pensando em como era incrível encontrar pessoas de bom coração e vítimas da injustiça na mesma prisão.

A ideia de escrever uma carta para você veio depois. Quando meu amigo pediu permissão ao policial encarregado, ele respondeu que a lei (como se a lei fosse praticada lá) não se opunha a que os presos escrevessem cartas para suas famílias sob duas condições: não poderia haver menção às condições da prisão nem qualquer conteúdo de natureza política. Contudo, a administração da prisão havia cancelado esse privilégio por temer fugas.

O guarda, que decerto merecia uma profissão mais nobre, continuou insistindo, até que as autoridades concordaram, com uma condição: que minha carta fosse uma peça literária. Tudo o que eu queria era que você soubesse que eu ainda estava na terra dos vivos.

Por lei, eles eram obrigados a arcar com os custos de postagem. Isso só aconteceu depois que o tradutor jurídico revisou o conteúdo da carta para verificar se estava livre de qualquer informação sobre a prisão ou sobre política. Então eles me enviaram um tradutor de bósnio (que não sabia gramática) para checar se não havia referências a tabus. Ele continuou misturando o singular e o plural dos pronomes e substantivos, mas elogiou meu estilo de escrita.

Parei de pensar sobre o assunto, contudo estava confiante em sua inteligência aguçada, sem contar com a sinceridade deles em realmente postarem a carta. Após atingir o fundo do poço, de repente a hora da minha salvação chegou. Em quatro horas, todos os procedimentos de liberação foram finalizados, e eu me encontrei livre, tudo graças ao meu amigo Aref, que, sem que eu soubesse, travou uma luta incansável por mim. Dias depois, voltei para casa com meu dinheiro intacto e com um Certificado de Conclusão em mãos.

Ao final da narrativa de Marzouk, os dois garotos chegaram cada um ao seu carro, estacionados atrás da passarela. Usando a chave de seu carro para tirar uma pedrinha da banda de rodagem do pneu, Aref de repente se deu conta de que a previsão de Moza bint Mourad tinha mais de 80% de precisão. Ele lembrou especialmente de sua observação de que "O mundo não mostra misericórdia para com os bons de coração". Ele se virou para Marzouk, com os olhos cheios de lágrimas, e proferiu um verso do Alcorão Sagrado que o assombrou durante toda a narração:

"E quando se apresentou a ele e lhe fez a narração, ele disse, 'Não temas. Tu te livraste dos iníquos.'" (Surat Al Qasas:25.)

Segunda Parte

Um corpo no estádio

Um ótimo oficial

Em sua visita seguinte, o representante do governo trouxe boas notícias. Em vez de uma classificação de uma estrela e uma promoção de um ano que o pai de Marzouk havia solicitado, o tenente Marzouk recebeu uma estrela e uma promoção de dois anos, o que era de grande importância, considerando que ele era um oficial recém-recrutado.

Apesar de sua reputação de apoiar sangue novo, o coronel Zakaria, oficial superior de Marzouk, deu a impressão de que era um idiota ou carecia de inteligência social, a julgar pelo seu jeito tímido e olhar assustado. No entanto, Marzouk logo demonstrou suas proezas. Apesar de seu comportamento calmo e taciturno, quando falava, enquanto realizava seu trabalho, seus superiores ouviam com crescente respeito.

Durante seu primeiro mês, Marzouk se familiarizou com a natureza do trabalho, contribuindo em parte para solucionar vários casos. No mês seguinte, ele participou de modo mais ativo na solução de seis novos casos e, no mês que se seguiu, seu oficial superior se encarregou de reabrir vários casos que haviam permanecido sem solução por anos. Até o final do ano, conseguiu desvendar três casos supostamente "insolucionáveis". Ele ganhou a reputação de ser dedicado ao dever; trabalhava fora dos horários comerciais e às vezes nos feriados. A moradia que lhe foi disponibilizada nunca o impediu de fazer visitas frequentes à aldeia, onde ofereceu serviços voluntários aos seus colegas da polícia da montanha. O próprio comissário-geral concedeu-lhe uma medalha e alguns prêmios quando conseguiu capturar alguns criminosos perigosos da lista de procurados da Interpol, cujo nome bastava para disparar alarmes nos aeroportos e nos escritórios de inteligência mal ventilados.

Quando sua foto apareceu no jornal, Marzouk sentiu-se tão orgulhoso quanto um pavão. Ninguém se orgulhava mais de seu sucesso que Aref, que estava com ele em seu novo Nissan Patrol, adquirido através da economia de seu salário.

Marzouk: Minha família está inegavelmente satisfeita com minha foto no jornal, embora a alegria deles pareça ter diminuído comparada com o passado, você notou?

Aref: É natural, meu amigo. Os aldeões estão ocupados com o Hotel dos Ursos e com a atividade turística que injeta dinheiro na aldeia.

Marzouk: Para ser justo, quem está de fora pode notar essa mudança.

Aref: Sem dúvida. Enfim, é o que é, apesar dos avisos de Moza bint Mourad. Ela duvidou que eu transmitisse a mensagem, então ela contou para outra pessoa. Mas a mensagem foi enviada tarde demais.

Marzouk: Ela fala palavras de sabedoria.

Aref: É verdade. (*Então sorriu.*)

Os dois amigos chegaram para comprar peixe a pedido do pai de Marzouk. Antes de sair do carro, Aref pediu ao primo o frasco de perfume que ele guardava no porta-luvas. Surpreendido com esse estranho pedido, Marzouk lhe entregou o perfume "Amouaj" (um dos prêmios que lhe foram atribuídos). Antes que pudesse lhe perguntar o motivo, Aref explicou:

"Eu sei o que está pensando. Meu amigo, este lugar cheira mal. Se por acaso eu encontrar alguém e sentir que essa pessoa está triste, posso dar um abraço caloroso e, ao mesmo tempo, apelar às suas células olfativas para mascarar o mau cheiro do peixe."

Que gesto incrivelmente atencioso!

"Vamos, então."

A inauguração do campo desportivo

Depois de anos de obras intermitentes, burocracia, preocupações orçamentárias e espera por aprovações, foi anunciado o lançamento do novo campo de jogos, sob os auspícios do ministro do Turismo, que antes também havia inaugurado o Hotel dos Ursos.

Segundo a maioria dos projetistas consultados por especialistas do Ministério do Turismo, o novo campo desportivo, projetado por um arquiteto centro-europeu bem conhecido em seu país, mas relativamente desconhecido fora dele, era uma obra-prima arquitetônica.

O apelo estético do campo desportivo deveu-se em grande parte à sua localização montanhosa incomum, demonstrando a capacidade do homem em domar a natureza. Uma vez que ver *in loco* era uma experiência bem diferente de ver fotografias, o campo desportivo atraiu hordas de jornalistas, auxiliado e instigado pela campanha publicitária maciça lançada pelo gabinete do chefe do Ministério do Turismo no hotel. O campo desportivo tornou-se tão popular que as fotos e vídeos de helicópteros e drones voando ao seu redor se tornaram uma visão familiar.

No entanto, dois desafios surgiram. O primeiro foi uma declaração intransigente da Federação do Futebol de que não poderia obrigar nenhum clube a disputar partidas, mesmo os de boa vontade, neste campo desportivo por ele não preencher os critérios profissionais locais. Dado o seu estatuto de projeto turístico, o Ministério do Turismo teria de coordenar com os clubes desportivos em causa. O segundo desafio foi colocado pela recusa da direção do clube desportivo em realizar jogos naquele local, alegando receio de lesões em jogadores devido ao terreno e grande altitude, apesar das dimensões do campo obedecerem aos padrões internacionais.

Pouco tempo depois, o Ministério surgiu com o que se revelou uma solução brilhante ao colaborar com um organizador do evento para sediar uma superpartida entre um time nacional e um time estrangeiro desconhecido. Surpreendentemente, o estádio lotou devido aos torcedores do país estrangeiro que trabalhavam na cidade e arredores. Também compareceu grande número de curiosos e personalidades da mídia. Na área VIP estavam sentados os notáveis da aldeia, encabeçados pelo emir Abdel Malak, que ficaram encantados com os milhares de espectadores comprando bilhetes.

As receitas seriam divididas entre o Ministério do Turismo, junto com o organizador do evento, e o governo, que daria sua parte da receita aos aldeões a cada seis meses, como uma espécie de bônus (sujeito a certas considerações).

A partir dessa época, o campo desportivo ganhou fama de "superestádio" devido às superpartidas ali disputadas. Alimentando sua popularidade no início da temporada esportiva, estavam os países onde o futebol era o décimo primeiro (daí para menos) esporte mais popular. Em todos os eventos, o campo desportivo gerava uma grande receita. Depois disso, sua popularidade como estádio de futebol diminuiu, com apenas um número pequeno de partidas disputadas, com exceção de quando um time de quinta categoria da Premier League reservou todo o hotel e o estádio por um mês inteiro para um treinamento de pré-temporada.

    A aldeia foi se acostumando com o barulho da multidão, com o escapamento dos ônibus, as placas, as bandeiras e os cartazes — para ser mais claro, se acostumaram com o cheiro do dinheiro.

Uma abundância de riquezas sendo jorrada

A aldeia continuou a desfrutar da segurança da riqueza abundante que jorrava de todas as direções. Então veio aquela segunda-feira fatídica quando o corpo do maluco do Obeidan foi encontrado sob os pés dos espectadores nas poltronas da seção intermediária durante uma superpartida.

Em resposta aos gritos histéricos da multidão, a Unidade Militar responsável pela segurança das instalações liberou a seção, chamou a ambulância próxima para remover o corpo e reportou o incidente à polícia local. A notícia se espalhou como um incêndio, como o coronavírus na China, deixando o lugarejo atordoado com o choque. Arrancou-os de seus sonhos cor--de-rosa e sono dos justos e os trouxe de volta à terra com um estrondo.

Em toda a aldeia, na cafeteria, na escola, na mesquita e nas casas, espaços públicos, no gabinete do turismo, a vida parecia correr sem percalços, mas reinava um silêncio avassalador. A morte havia tocado suas vidas a ponto de sentirem sua sombra em cada canto da aldeia, em todas as partes de seu corpo e em cada momento de vigília, matando-os lentamente enquanto realizavam suas atividades diárias. O único lugar intocado pela sombra da morte era o pedaço da terra pertencente à Martiza, que reagiu ao incidente com sua habitual aceitação filosófica.

O final chocante de Obeidan levantou inúmeras questões, entre elas a insinuação de que ele havia sido pisoteado pela multidão. Antes da investigação oficial, o nome do homem morto passou de "Obeidan, o Maluco" para "Obeidan, o Amaldiçoado".

Marzouk, o Salvador

Nunca teria passado pela cabeça das pessoas próximas a Marzouk que ele acabaria trabalhando na delegacia da aldeia, especialmente depois de ter provado seu valor na capital. Quando seu supervisor o designou para o caso, Marzouk solicitou um escritório temporário para seu uso duas vezes por semana na delegacia a fim de acompanhar os acontecimentos até que o mistério fosse resolvido. Pelo resto da semana, ele trabalharia com sua equipe fora de seu escritório na cidade.

O tenente Marzouk foi encarregado do caso. Sua equipe incluía o tenente Fadel, recém-formado com medalha de mérito e que se parecia com o jogador de futebol James Rodríguez, mas de barba, o procurador Abdel Fattah, o único veterano da equipe, carregando 40 anos de experiência e, na opinião de Marzouk, fortemente moldado por seu pai. Depois havia o cabo Youssef, um jovem cheio de vida e eficiente, com um rápido ritmo de trabalho, e o sargento Moussa, o membro mais jovem e robusto da equipe, que quase sempre perdia sua identificação policial e comprava um celular novo a cada seis meses. Entrando para a polícia depois de fracassar na administração da empresa automobilística de seu pai, Moussa, apelidado de "No man", em homenagem a um personagem de um programa chamado "Open Sesame",[10] tinha a reputação de trabalhar bem sob pressão.

---

[10] Open Sesame: é uma série de televisão infantil composta exclusivamente de esquetes e segmentos da longa série de televisão americana Vila Sésamo.

Todas as outras unidades receberam ordens de colaborar com o tenente Marzouk e colocar seus recursos à disposição devido ao forte interesse do governo no caso e à necessidade de manter o turismo local.

Marzouk estabeleceu um plano de ação que incluía atualizar o coronel durante as reuniões que se realizavam aos domingos. Ele também entraria em contato sempre que alguma pista importante fosse encontrada durante a investigação. Moussa foi encarregado de preparar um resumo das circunstâncias que cercavam o caso juntamente com os comentários do legista dentro de 24 horas.

O resumo ficou pronto para toda a equipe na manhã seguinte (antes do prazo). Moussa repassou as informações, tópico por tópico, enquanto mastigava alguns doces. Isso foi considerado um sinal de desrespeito na presença de outros oficiais, mas Marzouk não deu atenção a tais trivialidades.

Moussa: Senhor, antes do início da partida, uma grande faixa de pano dobrada, coberta com pichações, foi levada ao estádio para marcar o aniversário de um dos jogadores, o que usa a camisa de número 89. A faixa permaneceu em cima da seção intermediária a cargo da líder de torcida e dos torcedores que tinham acertado a exibição da faixa aos 89 minutos de jogo, com a ajuda de alguns espectadores devido às suas grandes dimensões. E foi exatamente isso o que aconteceu. No entanto, um dos torcedores já havia amarrado uma caixa de instrumento musical a um dos orifícios laterais da faixa, de modo que, ao ser desdobrada, um instrumento caiu da caixa por não estar fechada corretamente. Foi aí que o corpo de Obeidan caiu no chão.

Abdel Fattah: Como diabos isso aconteceu?

Moussa: Pois é.

Marzouk: Eu estava lá naquele dia, mesmo estando de férias, só para o caso de algum dos encarregados de assegurar a segurança da partida precisasse de ajuda. Eu os vi desdobrando a faixa para garantir que não continha nenhum conteúdo impróprio, e foi assim que aconteceu. O ocorrido se passou cerca de dez horas antes do início da partida. Na verdade, todo o procedimento foi concluído rapidamente em comparação com o das caixas de instrumentos musicais. Eu não vi necessidade de supervisioná-los de perto enquanto faziam isso, pois são experientes nesse tipo de coisa. É verdade que foi apenas uma checagem superficial e que os membros da torcida que carregavam a faixa não demonstraram nervosismo, mas é improvável que a polícia não notasse a presença de um cadáver ou pelo menos de alguma coisa suspeita.

Abdel Fattah: Senhor, lembre-se de que Obeidan estava com o corpo frágil, sobretudo depois que perdeu a esposa, sem mencionar que a caixa em si era quase do tamanho de um caixão.

Fadel: Um caixão mesmo.

Moussa: Como eu disse antes, o cadáver rolou pelas grades da pista do estádio e foi pisoteado pelos torcedores, o que significa que você pode esquecer as impressões digitais. Os gritos crescentes e a histeria geral fizeram com que a polícia fosse correndo para aquela seção. Só vi o que havia acontecido depois que a partida terminou e os vencedores foram rapidamente homenageados, devido ao evento chocante que diluiu a vitória.

Youssef: Há outra coisa que devemos considerar... pode ser apenas uma coincidência... mas era a intenção do assassino se livrar do corpo naquele momento específico quando todos estavam de pé torcendo? O caos que se seguiu acabaria com qualquer esperança de encontrar impressões digitais.

Marzouk: Boa observação.

Abdel Fattah: Quais de nossos colegas estavam lá?

Moussa: Tenente Feisal e sargento Ismail.

Marzouk: Eles também estavam lá durante a verificação de segurança?

Moussa: Espere até ouvir isso. O relatório do legista afirma que eram apenas os restos de um cadáver, e não um corpo intacto.

Marzouk: Ah, meu Deus!

Abel Fattah: Como isso...?

Moussa: O corpo tinha sido parcialmente dissolvido em ácido, mas a cabeça e outras partes permaneceram quase intactas. Foram essas partes que rolaram pela pista.

Marzouk: O mesmo ácido usado no assassinato de sua esposa.

Fadel: Apesar de ser uma pessoa instruída, parece que estou começando a acreditar na história de Obeidan sobre o gênio ter matado sua esposa.

Marzouk: Se você quiser adotar essa abordagem derrotista desde o início da investigação, terei de substituí-lo. Eu não irei aceitar um caso não resolvido na minha ficha. Eu, pela graça de Deus, tive sucesso em todos os casos que me foram designados, dos meus tempos de estudante até agora.

Fadel: Não, eu juro, eu disse isso por estar em estado de choque. Por favor, me perdoe. Estou ao seu comando.

Marzouk: E eu confio em você de todo meu coração. Continue, Moussa. Mais alguma surpresa?

Moussa: Sim, senhor. O relatório do legista estima a hora da morte entre uma e quatro horas antes do jogo.

Abdel Fattah: Justo. Vamos considerar a possibilidade de a morte ter ocorrido no local, durante a partida, o que, por causa da falta de câmeras de monitoramento, nos deixa uma lista de suspeitos de um quilômetro. Essa é uma das razões pela qual a Federação de Futebol se recusou a credenciar este campo esportivo, sem mencionar que o Ministério do Turismo está mais preocupado com a receita do que com proteção e segurança.

Marzouk: Pessoal, vou repetir que não quero nenhuma negatividade neste momento. Se algum de vocês desejar se retirar, me avise e eu aceitarei sua decisão sem nenhuma penalidade. Acredito fortemente que a taxa de sucesso que tenho desfrutado até agora pode ser replicada neste caso. Além disso, me recuso a falar mal de qualquer outra entidade. Estamos todos servindo nossa nação, cada um com sua capacidade.

Abdel Fattah: Desculpe-me, senhor. Estou com o senhor o tempo todo.

Marzouk: Você tem mais alguma coisa para nós, Moussa?

Moussa: Não, senhor.

Marzouk: Por favor, me deem um tempo para organizar meus pensamentos. Preparem-se e vamos nos encontrar em três horas para definir um plano de ação.

Alguns minutos depois, Aref ligou para Marzouk para obter atualizações, pois as fofocas se espalharam feito rastilho de pólvora na aldeia. Contudo, Marzouk relutou por motivos éticos em divulgar qualquer detalhe por telefone, dizendo a Aref que eles se encontrariam na passarela naquela noite, insinuando uma narrativa completa dos eventos, o que de fato aconteceu quando se encontraram. Horrorizado com os detalhes chocantes do caso, Aref temeu que seu pai e o ministro do Turismo cometessem suicídio. Antes de se separarem, Marzouk pediu a Aref que não contasse nada à Martisa, pois ela poderia não suportar tal choque, uma vez que, pela sua idade avançada (estimada em mais de 100 anos), havia entrado em uma espiral descendente. Ainda atordoado e perturbado, Aref concordou.

Abra-te, sésamo

Na reunião pré-agendada e depois de uma breve conversa, Marzouk pôs-se de pé e soltou uma enxurrada de perguntas.

"Bem, parece que estamos diante de questões difíceis, algumas até horríveis, mas tenho certeza de que descobriremos o que aconteceu e pegaremos o criminoso, seja ele quem for. Primeiro de tudo, o que Obeidan estava fazendo no campo esportivo? Ele, que nunca demonstrou o menor interesse por futebol antes da tragédia. Aquele que era conhecido como insano. Todo o seu comportamento, desde o assassinato de sua esposa, aponta para sua insanidade. De acordo com o legista, a hora estimada da morte foi de uma a quatro horas antes de o corpo ser encontrado. Se for o menor tempo, então ele foi morto em campo, mas, se for o maior tempo, talvez ele tenha sido morto em outro lugar. Supondo que esse é o caso, por que o assassino queria que o corpo fosse encontrado nesse lugar em particular?"

Abdel Fattah: Como eu disse antes, o objetivo do criminoso era maximizar o número de suspeitos a fim de lhe dar tempo e oportunidade para evitar a detenção.

Marzouk: Então, em primeiro lugar, como o corpo foi levado ao estádio? E como nossos colegas não viram o cadáver ali? Os torcedores poderiam estar envolvidos de alguma forma? Onde estava o motorista de Obeidan, o único que todas as vezes o traz e o leva de volta para a aldeia, quando tudo isso estava acontecendo?

Youssef: O número de participantes foi de 27.887, que estavam sentados na seção intermediária. É lógico que não podemos considerá-los os únicos suspeitos já que o assassino pode ter se mudado para outra seção.

Moussa: O Juízo Final chegaria antes de terminarmos de interrogar 27.887 pessoas, além dos trabalhadores do campo.

Fadel: Se você consegue lidar com 27.877 suspeitos, doze a mais não seriam problema.

Marzouk: Quanto à lógica, não resolveremos esse caso baseados nela por um simples motivo. Os ingressos foram vendidos nas bilheterias, de forma presencial, não *on-line*. Como não havia câmeras de segurança, não teremos uma lista com nomes de possíveis suspeitos. Contudo há questões e procedimentos que precisamos abordar agora. Primeiro, temos que convocar o motorista de Obeidan para interrogatório. Os torcedores também. Além disso, precisamos perguntar aos nossos colegas, Feisal e Ismail, quem deveria verificar as caixas de instrumentos musicais de torcida que estavam sendo levadas para o estádio. Também precisamos tentar rastrear os movimentos de Obeidan antes do crime. Supondo que tivéssemos uma lista, ainda assim não seria possível interrogar esse número tão grande de suspeitos, mesmo que fizéssemos apenas perguntas de rotina.

Fadel: A questão da venda de ingressos nem passou pela minha cabeça. Só para saber, você pretende perguntar o motivo, senhor?

Marzouk: Sim, temos que encontrar um motivo para alguém querer matar Obeidan. Quem iria querer matar alguém como ele? Como dizem em romances policiais, como *Assassinato no Expresso Oriente*, "Quem se beneficiaria com a morte de Obeidan?" Para ser mais específico, "Quem se beneficiaria com a morte de uma pessoa perturbada que não é responsável por suas ações?"

Abdel Fattah: Então, se encontrarmos um motivo, faremos uma lista de suspeitos.

Fadel: Sim, uma lista coerente.

Marzouk: Exato. Só então poderemos preparar uma armadilha para pegá-lo.

Moussa: Essas coisas ficarão mais claras quando nossos colegas, Feisal e Ismail, derem a versão deles dos acontecimentos.

Marzouk: Isso não será suficiente. Moussa, quero que você faça uma investigação secreta usando suas habilidades especiais para que possamos pegar o criminoso, que Deus lhe dê o que merece!

Moussa: Sim, senhor.

Marzouk: Quanto a você, Youssef, quero que resolva uma pergunta que Sherlock Holmes fazia com frequência, por mais boba que possa parecer.

Youssef: Sei qual é essa questão, senhor. Obeidan tinha algum inimigo?

Marzouk: Bravo, Moussa. Acho que se a loucura tivesse algum tipo de benefício, seria levar uma vida livre de inimigos, tristeza e preocupação com o que o amanhã trará.

Fadel: É disso que trata uma boa vida. Se ao menos pudéssemos aprender com os loucos, nós viveríamos uma vida de absoluto contentamento e autorreconciliação, sem noites insones, ressentimentos ou remédios prescritos.

Marzouk: Adote a sabedoria dos loucos.

Abdel Fattah: Ou, talvez, até mesmo os loucos tenham inimigos.

Moussa: Inimigos são o tempero da vida. O que é a vida sem as batalhas diárias e o olhar para a retaguarda? Sem inimigos, as vitórias não teriam sabor de *cookies*.

Marzouk: Você tem que ligar tudo à comida? Bem, descobri que você tem outro talento além de comida.

Moussa: Qual é, senhor?

Marzouk: Você é um talentoso orador do árabe, o que foi demonstrado com maestria em sua última observação.

(*Moussa ri.*)

Marzouk: O plano é o seguinte. Youssef preparará uma lista de inimigos, se houver. Moussa coletará informações. Abdel Fattah providenciará o interrogatório com o motorista, Feisal, Ismail e os torcedores. Fadel, por favor, vá até a casa de Obeidan na cidade. Eu providenciarei um mandado de busca amanhã. Você pode encontrar uma pista lá. Ou algum dos vizinhos pode ter algo útil para nos contar. A própria casa pode nos revelar alguma coisa. Minha equipe e eu iremos para a cena do crime. Com a autorização que me foi concedida pelo coronel Zakaria, estou pensando em levar junto um dos arquitetos responsáveis pelo projeto do estádio. Ele pode ter alguma ideia de como o crime foi cometido e de como o corpo foi levado para lá.

Abdel Fattah: Muito bem, senhor.

Fadel: Sugiro criar um grupo de WhatsApp.

Marzouk: Boa ideia. Moussa, você cuida disso.

Moussa: Sim, senhor. Como iremos chamar esse grupo?

Youssef: Abre-te, Sésamo.

(*Todos riem.*)

Marzouk: É um nome bom. A palavra "Abre" tem um tom positivo e, se Deus quiser, o caso se abrirá para nós. Então, use este nome, caso Moussa não tenha objeções.

Moussa: Nada a declarar.

Marzouk: Assim seja. Coloque a foto real de "No man" como foto do perfil do grupo.

Moussa: Considere feito. Pode funcionar como uma camuflagem.

Marzouk: (*Mais sério*) Vamos trabalhar.

Em uníssono: Sim, senhor!

(*Todos riem ainda mais alto.*)

O grito

Algumas horas depois, no meio da noite, e como previsto por Aref, o som de um longo grito rasgou o ar, despertando todos na aldeia. Ao contrário de qualquer outro som emitido por uma criatura viva na região montanhosa, o grito, que foi selvagem e estranho, parecia não vir de nenhuma fonte e por nenhum motivo em particular. Os aldeões saíram de suas casas, olhando de um lado para o outro para encontrar a fonte do som, em vão. Aqueles que conseguiram suportar o som ficaram plantados no chão com rostos amedrontados enquanto outros tapavam os ouvidos com as mãos.

O grito continuou por vários minutos antes de sumir, deixando as pessoas atordoadas e abaladas. Horrorizadas, elas descobriram o que havia acontecido com sua amada aldeia, que eles pensavam ser inatacável. O grito crivou suas casas com rachaduras semelhantes aos Montes Urais. Partes do calcário haviam caído, e a pintura estava manchada. Dentro de suas casas, lâmpadas caíram no chão. Nem mesmo a montanha ficou incólume; eles encontraram nela uma cratera redonda, como se uma bola de fogo tivesse sido lançada em seu interior.

Estranhamente, o maior dano causado foi à casa de Obeidan, na medida em que suas paredes externas e a maioria de seus pilares desabaram no chão. O mais intrigante de tudo era o fato de que as paredes internas da casa estavam cobertas com fotos de garotas caolhas, como se alguém as tivesse desenhado, por si só um mistério sinistro, dado que ninguém punha os pés naquela casa há anos!

Quando o emir e seus seguidores foram consultar Moza bint Mourad, que se encontrava sentada em seu lugar habitual, ela apenas levantou as mãos e disse:

— O que aconteceu, aconteceu, nada mais, nada menos.

Então ela lhes disse:

— Vão e procurem por Hamama. Estou preocupada com ela.

De pronto, o emir ordenou que um grupo de mulheres inteligentes fosse à casa de Hamama para ver como ela estava. Elas contaram com lágrimas nos olhos que encontraram o corpo dela em sua cama. Pouco tempo antes, eles a tinham visto fazer coisas sem a ajuda de ninguém, como comer e ir ao banheiro. Tinha uma saúde excelente para sua idade, sem nunca ter tido necessidade de ir ao hospital. No entanto, eles se consolaram sabendo que toda vida deve terminar um dia, pois nossos dias na Terra são contados. De acordo com evidências dentárias e ósseas do relatório do legista, Hamama tinha cerca de 149 anos de idade. Apesar da insistência do emir e de algumas mulheres da geração mais jovem, Hamama nunca solicitou um passaporte como o resto dos aldeões, explicando que ela nunca precisou ou nem mesmo sabia o que era um passaporte. Desde o momento de seu nascimento até sua morte, ela nunca tinha deixado a aldeia.

Acostumado a tais esquisitices, o governo preparou um documento especial em nome de Hamama, nomeando o emir como seu tutor, a fim de obter sua pensão.

A fim de atender seu desejo, Hamama foi enterrada no pátio de sua casa e não no cemitério localizado a certa distância do centro. Muitas vezes a ouviram dizer "Eu quero ser enterrada por aqui para poder descansar em paz depois de morta".

Quando Moza bint Mourad escutou isso, disse: "Temo que ela esteja se revirando no túmulo agora".

A cena fica mais clara

Tendo participado de parte da reunião de condolências para Hamama, Marzouk estava com a cabeça cheia de perguntas sem respostas. Antes de sua morte, ele se perguntou se Hamama sabia que a profecia do chacal sobre sua longevidade havia sido cumprida. Ela também sabia que a tocha agora seria carregada por Moza bint Mourad?

Este assunto continuou a atormentar as ideias de Marzouk até a manhã seguinte, quando ele se reuniu com sua equipe, que havia trabalhado duro, sem parar, nas últimas 48 horas em seu escritório temporário na delegacia da aldeia.

Marzouk olhou pela última vez para a pilha de relatórios em sua mesa antes de discutir os detalhes com sua equipe. De repente, o coronel Zakaria irrompeu na sala, com o óbvio propósito de alertar seus subordinados para a urgência da conjuntura, colocando-os sob forte pressão para solucionar o caso com celeridade. Marzouk saltou para saudar seu oficial superior, mas, em vez de retribuir o cumprimento, o coronel apertou a mão de todos, demonstrando informalidade.

Zakaria: Onde está Fadel?

Marzouk: Ele ligou dizendo que estava doente hoje.

Zakaria: É o que acontece com a geração cachorro-quente e hambúrguer. Eu completei 30 anos de trabalho sem tirar licença médica. Esses jovens oficiais, que têm a mesma idade de meus filhos, correm para o Pronto Socorro ao primeiro espirro, sem saberem que isso destruirá seu sistema imunológico a longo prazo.

Apesar de sua grande admiração pelo coronel, Youssef pensou consigo mesmo que não era diferente do resto dos oficiais veteranos que pontificavam sobre saúde humana, energia nuclear, ciências metafísicas e praticamente todo tipo de assunto sem ter conhecimento especializado de nenhum. Ele também se perguntou sobre o fascínio destes oficiais superiores pelo número "30".

Ansioso por defender seu vice, Marzouk exclamou:

Marzouk: Quero esclarecer que ele executou todas as suas tarefas, senhor. Aqui está o relatório que escreveu, em letra legível, sobre o qual discutiremos durante a reunião.

Zakaria: Excelente. O que descobriu até agora?

Marzouk: Abdel Fattah, você primeiro.

Abdel Fattah: Nós encontraremos Ismail e Feisal daqui duas horas, logo depois de terminarmos. Em relação aos torcedores, é óbvio que não sabem de nada, embora tenhamos feito pressão, prendendo todos eles por ordem do coronel Zakaria. Depois, o comandante geral ordenou a liberação deles, mas teriam que ficar sob vigilância.

Zakaria: Até agora, todas as pistas apontam para a inocência deles.

Marzouk: Não importa, Abdel Fattah, eu quero estar presente quando você interrogar seus colegas.

Abdel Fattah: Claro, senhor.

Marzouk: Continue.

Abdel Fattah: Quanto ao motorista, sua autorização de residência foi cancelada por uma procuração dada ao irmão de Obeidan. Na verdade, ele foi deportado de volta para a Índia um mês antes da morte de Obeidan. Nós tentamos nos comunicar com nossos colegas na Índia, porém não recebemos resposta até agora.

Zakaria: O momento do cancelamento da residência parece suspeito.

Abdel Fattah: Sim, especialmente porque seu testemunho teria preenchido muitas lacunas.

Marzouk: Eu tenho um pedido, senhor.

Zakaria: (*Enquanto tentava matar um mosquito sem sucesso*) Diga.

Marzouk: (*Surpreso pelo seu superior estar usando álcool em gel para tentar matar o mosquito sem sucesso*) Com sua aprovação, gostaria de enviar Moussa para a Índia a fim de que ele investigue o motorista.

Zakaria: Moussa!

(*Moussa pulou de sua cadeira como um animal solto.*)

Moussa: Sim, senhor!

Zakaria: Faça as malas e prepare-se para partir no primeiro voo da manhã. Farei o necessário hoje para reservar passagem e hotel e enviar uma carta de recomendação para nossos colegas de lá. Fique por quatro dias, o que deve ser o necessário para essa missão.

Moussa: (*Saúda o coronel*) Sim, senhor!

Zakaria: (*Brincando*) Mas você sabe falar urdu?

Abdel Fattah: Não será necessário. O motorista é fluente em árabe, pois morou aqui por 25 anos.

Zakaria: Ok.

Youssef: Moussa, por Deus, nos poupe de fotos de atrações turísticas da Índia no grupo de WhatsApp. Você está indo a trabalho, não por diversão.

Zakaria: Por que vocês não me adicionaram a esse grupo?

Marzouk: Não queríamos incomodá-lo com detalhes, senhor.

Zakaria: Particularmente nesse caso, fique à vontade para me incomodar.

Marzouk: Cuide disso, Moussa.

Zakaria: Então você está administrando esse grupo, Moussa? Nem sonhe em se tornar um verdadeiro chefe de departamento até se livrar dessa barriga, que é do tamanho de um quartel. Ha, ha.

Moussa: Prometo que vou perder peso, senhor.

Zakaria: Escuto isso desde o dia em que você foi recrutado.

(*Todos riram, incluindo Moussa.*)

Youssef: Tenho uma sugestão, senhor. Depois que encerrarmos esse caso, vamos definir uma meta para Moussa perder 30 quilos em um certo tempo. Se ele não atingir o objetivo, nós o dispensaremos.

Zakaria: Excelente ideia. Lembre-se, não vale fazer cirurgia para perder peso. Sei que estão na moda hoje em dia, mas nada supera o método natural de uma alimentação balanceada e caminhadas diárias para atingir o peso ideal.

Moussa: Sim, senhor.

Marzouk: Youssef, o que você tem sobre os supostos inimigos de Obeidan? Vendo esse relatório, é óbvio que ele não tinha nenhum.

Youssef: Não poupei esforços, mas não encontrei nenhum inimigo. Falando sério, quem seria inimigo desse lunático? Desde que ele se tornou um recluso, nos últimos anos de sua vida, ele sequer tinha amigos.

Marzouk: Agora vamos ver o relatório de Fadel. Para resumir, os passos da vítima eram limitados a certos lugares. Toda segunda-feira, ele fazia uma visita rotineira ao túmulo de sua esposa na aldeia. No resto da semana, quando foi visto indo à mesquita, seu comportamento indicava que estava tudo bem. Entretanto, quando se sentava com seu irmão em frente a casa para tomar chá, sua conduta fazia crer que ele não era responsável pelos seus atos.

Seu irmão, Mansour, era o único que interagia com ele. O homem costumava visitá-lo, e a maioria dos relatos sugere que cuidava bem dele, em especial depois que a esposa foi assassinada. Os vizinhos também disseram que ele viajava várias vezes com seu irmão para um tratamento psiquiátrico que não surtia efeito. O curioso é que, logo após o funeral de seu irmão, Mansour foi embora sem realizar nenhuma cerimônia de condolências pelo falecido. Nossos colegas estão aguardando seu retorno.

Zakaria: Humm. Isso é estranho. Sobretudo o fato de não ter havido uma reunião de condolências. Precisamos de mais informações sobre esse homem.

Marzouk: Tomarei conta disso, senhor.

Moussa: Eu tenho algumas informações, senhor.

Zakaria: Vamos escutá-las.

Moussa: Apesar das poucas informações, levantei dois pontos importantes. Primeiro, Obeidan não tem outros parentes, exceto seu irmão. Segundo, ele tem uma conta bancária com uma grande quantia, que é administrada por Mansour. A pergunta é: como uma pessoa com deficiência mental cuja única renda era uma pensão do governo e benefício por invalidez adquire tão grande fortuna? Nossa investigação inicial mostra que a maior parte desse dinheiro vem de pequenas quantias depositadas com certa regularidade no caixa eletrônico por Mansour. Portanto precisamos cavar mais fundo para descobrir de onde esse dinheiro vem. Se esses depósitos tivessem sido feitos em valores maiores, direto no banco, eles exigiriam informações sobre a origem dos recursos. Facilitaria nosso trabalho rastrear esse dinheiro por meio do banco.

Zakaria: Moussa, como você ligou esses dois pontos?

Moussa: O fato de Mansour ser o único beneficiário e tutor dos negócios de seu irmão sugere que seu papel de cuidador era apenas um disfarce. O que poderia explicar por que Mansour o matou e saiu às pressas logo após o funeral. Usando a procuração que lhe foi dada, era seu direito legal retirar o dinheiro sem qualquer objeção do banco, a menos que o Ministério Público autorizasse o bloqueio da conta, um processo demorado, acima de tudo na ausência de provas sólidas.

Zakaria: Mas por que matá-lo se ele era louco? Mansour poderia apenas ter gastado o dinheiro sem que seu irmão soubesse disso. Por que ele não fez isso em vez de se arriscar a se tornar um suspeito de homicídio?

Youssef: Temos duas hipóteses aqui. Ele poderia ter se cansado de continuar atuando como o "irmão bonzinho" ou do fardo de cuidar de seu irmão idiota. Ou ele poderia ter medo de que Obeidan recuperasse suas faculdades mentais de repente e percebesse que estava sendo roubado. Mansour se arriscou a ser exposto, mormente se considerarmos os altos e baixos do estado mental de seu irmão, que variava entre surtos de insanidade e momentos de lucidez, segundo boatos e também segundo o que o tenente Fadel me contou no caminho para a clínica.

Zakaria: Isso faz sentido. Então, agora temos um motivo aparente para trabalhar. Faça o possível para investigar Mansour, de preferência quando ele retornar. Se Mansour souber que está sob investigação, ele pode nunca mais voltar, supondo que é sua pretensão. Se ele estender sua viagem ao exterior, tentaremos atraí-lo de volta de qualquer maneira. O mais importante é descobrir a fonte do dinheiro antes de o interrogarmos, porque essa informação pode dar uma reviravolta em toda a investigação.

Marzouk: Sim, senhor.

Zakaria: Alguma observação final, Marzouk?

Marzouk: Em síntese, minha visita ao campo com um dos arquitetos não deu em nada. Depois de nos encontrarmos com Feisal e Ismail, poderemos obter mais informações.

Zakaria: Sim.

Marzouk: Recapitulando, nenhuma irregularidade foi detectada no estádio ou em seus arredores imediatos, como uma única rachadura nas paredes, túnel subterrâneo, passagens secretas ou qualquer coisa do tipo. Isso não exclui a possibilidade de outros métodos de movimentação do corpo, como atirar o corpo de uma caixa do telhado e voltar a assistir à partida — algo que não pode ser comprovado por falta de câmeras de segurança. A propósito, o Ministério finalmente instalará câmeras e portões eletrônicos amanhã, em resposta a uma carta formal que enviei a eles. Senhor, sei que este é um caso difícil de resolver, mas tenho certeza de que, depois de amarrarmos todas as pontas soltas, teremos corda suficiente para enforcar o perpetrador.

Zakaria: Se não solucionarmos esse caso, o alto escalão vai me fazer passar vergonha pelo meu fracasso. Deus me livre disso.

Marzouk: Você não irá falhar, senhor. Você tem uma boa equipe com você.

Zakaria: (*Recompondo-se para evitar espalhar negatividade*) Não se esqueça de me adicionar ao grupo de WhatsApp, Moussa, e dos presentes para seus colegas de equipe.

Moussa: Não sobrecarreguem meu orçamento, pessoal.

Zakaria: (*Tentando afirmar suas habilidades de gerenciamento de crises com uma risada falsa*) Eu quero um pouco de gordura de *oud* de Ajmal.

Moussa: Nesse caso, por favor, dobre meu salário.

Zakaria: Faremos reunião duas vezes por semana em vez de uma vez por semana. Moussa, boa viagem. Volte carregado de presentes, não do tipo que exceda seu orçamento. Agora, de volta ao trabalho, todos vocês.

Menos de duas horas depois

Depois de perder alguns segundos dentro do turbilhão de pensamentos enquanto olhava fixamente para o rosto dos seguranças à sua frente, o tenente Marzouk enfim falou:

Marzouk: Para não desperdiçar o tempo de vocês e o meu, vou direto ao ponto. Como estava a segurança antes do início do jogo? Sei de todos os detalhes durante a partida, então não precisamos entrar nessa parte.

Feisal: Todos os procedimentos de segurança ocorreram sem contratempos, senhor. Você viu por si mesmo quando estava lá.

Marzouk: Você notou algo fora do comum?

Ismail: Em absoluto, senhor.

Marzouk: Não estou apontando o dedo para ninguém, contudo notei que a caixa foi revistada rapidamente. Deixe-me refazer a pergunta. Com base em sua experiência nesta área, não ocorreu a nenhum de vocês que algo de natureza criminosa poderia estar escondido dentro dela?

Feisal: Não, senhor. A verificação pode ter sido rápida, mas juro que se até a orelha da vítima estivesse escondida dentro da caixa, eu a teria encontrado.

Marzouk: Justo.

Ismail: Tenho certeza de que havia apenas instrumentos musicais dentro da caixa. Estamos diante de um verdadeiro enigma relacionado à maneira pela qual o corpo foi trazido para o estádio. Entretanto temos que lidar com fatos e desvendar esse mistério.

Abdel Fattah: Você tem certeza de que não viu nada fora do comum antes do jogo começar?

Feisal: Tenho, senhor.

Abdel Fattah: Tente se lembrar — não importa o quão desimportante pareça ser.

Ismail: Não vi nada, senhor. Foi apenas uma verificação de segurança de rotina, como centenas de outras que já fizemos.

Marzouk: E os participantes? Você notou algum rosto desconhecido? Alguém que talvez parecesse um fugitivo da justiça ou que não deveria estar ali? Alguém que parecia nervoso e agia como tal?

Feisal: Nem por um momento, senhor.

Ismail: O mesmo aqui, senhor. Espero que não ache que não estamos cooperando, mas juro que é verdade.

Marzouk: Não acho isso. Mais alguma coisa, Abdel Fattah?

Abdel Fattah: Não, senhor.

Marzouk: Não vou segurá-los mais, entrarei em contato caso precise de algo.

Feisal & Ismail: Muito bem, senhor.

Ao saírem do complexo, Marzouk lembrou-se de que o coronel havia dito que o tenente Feisal parecia com Hany.

Marzouk: Com quem o coronel disse que Ismail se parecia?

Abdel Fattah: Igual ao homem da lata de aveia Quaker, só que com cabelo preto.

Marzouk: Isso mesmo. Agora me lembro.

Marzouk olhou para a foto da Caaba Sagrada que enfeitava a parede antes de falar com uma voz que surpreendeu Abdel Fattah:

Marzouk: Que pesadelo! Mas iremos solucioná-lo, tenho certeza. Vá agora, Abdel Fattah.

Abdel Fattah: Sim, senhor.

Infelizmente desapontado

Moussa voltou de sua viagem à Índia em um estado de desapontamento raivoso. Durante o encontro improvisado com seus colegas, ele contou que, depois de muito esforço para localizá-lo, por fim encontrou o motorista, que se revelou uma fonte inútil de informações. Todas os indícios indicam que sua saída foi uma questão de rotina, a pedido dele mesmo, devido a doença de seu tio, que o criou na ausência de seu pai.

Zakaria: (*Aparentemente irritado com o progresso lento*) Moussa, poupe-nos dos detalhes da árvore genealógica desse homem. Você está investigando um crime, não escrevendo um romance! Apenas me dê os fatos.

Moussa: Sim, senhor. O homem pediu para voltar para casa devido à doença de seu tio. Até o acompanhei ao hospital para verificar sua história e ver se todas as datas batem com seu depoimento.

Marzouk: Isso é estranho.

Moussa: O que o motorista disse confirma as informações que temos sobre as visitas semanais de Obeidan ao poço e o cuidado de seu irmão por ele. Ele enfatizou que tudo parecia normal durante esse período. Em resumo, foi uma investigação sem retorno.

Zakaria: (*Diluindo seu refrigerante com um pouco de água mineral*) Você nos trouxe algum presente?

Moussa: Claro que não. Este não seria um bom momento para presentear as pessoas.

Zakaria: Sem informações e sem presentes...

Moussa: (*Gesticulando freneticamente com as mãos*) Que dia amaldiçoado hoje!

Marzouk: (*Reprimindo uma risada*) Venha conosco, Moussa.

Moussa: Para quê, senhor? Achei que a reunião estava prestes a terminar.

Zakaria: Venha descontar sua frustração nesses humildes doces.

(*Moussa riu.*)

Zakaria: (*Em um tom falsamente modesto*) Com licença, Marzouk. Estou passando por cima de você, mas a pressão lá de cima está aumentando, então vou solicitar oficialmente a aprovação de seu pai, general Jaber, para nos ajudar nesse caso.

Marzouk: Como desejar, senhor.

Zakaria: Mesmo aposentado, seu pai não é de negligenciar serviços a seu país. Seus longos anos de experiência podem nos ajudar na nossa jornada para capturar o perpetrador e amarrar todas as pontas soltas para marcar no placar não a derrota, e sim a vitória.

Marzouk: Muito bem, senhor.

Um general globalizado

Cada item da sala, cujo piso de mármore turco era coberto por tapetes persas, vinha de uma diferente parte do globo. A porta era de fabricação russa e enfeitada com uma maçaneta austríaca, cortinas búlgaras emolduravam as janelas, enquanto a pintura de Gênova que adornava a parede havia sido pintada com um pincel fabricado em Botsuana. Sobre a escrivaninha croata havia um relógio de mármore de fabricação paquistanesa, palitos de dente indianos, uma caixa de doces do Azerbaijão, um jogo de chá japonês ao lado de jarras de chá do Ceilão, café guatemalteco e um pote de mel da África do Sul colocado de maneira incongruente ao lado de uma bandeira do Quirguistão. Até os artigos de papelaria (cadernos canadenses e lápis romenos) eram de fabricação estrangeira, assim como a caixa de lenços de papel era importada da Inglaterra. Por último, mas não menos importante, um livro intitulado *The Library*, de um escritor sérvio, Zoran Zivkovic, estava sobre uma das mesas. Construído em um dos cantos do pátio do general Jaber, esse escritório representava o mundo globalizado, no sentido mais amplo da palavra, em apenas alguns metros quadrados.

Foi nesse mesmo escritório que Jaber recebeu o comandante geral que visitara a aldeia para manifestar as suas condolências pela recente série de infelizes acontecimentos. Mais importante ainda, o comandante geral tinha uma missão específica — pedir ajuda a Jaber, a título meramente amigável, claro, na resolução do caso, pedido a que este aceitou de imediato. Essa resposta espontânea ilustrou a notável capacidade do general em lidar com eventos inesperados; até mesmo seu escritório era uma clara projeção dessa qualidade camaleônica.

Por trechos de conversa com seu filho, o general tomou conhecimento do caso ao levar o comandante geral para uma sala contígua, em cuja porta lia-se a inscrição "Décadas de Conquistas", que parecia ser seu museu particular. Embora a sala estivesse mal iluminada, era evidente que cada centímetro de suas paredes estava coberto de *memorabilia*, incluindo certificados de apreciação, mérito, bravura e habilidades de liderança, bem como notas formais anunciando suas promoções, recortes de jornais citando suas conquistas em capturar um criminoso extremamente perigoso da lista dos Mais Procurados da Interpol e uma coleção de fotografias antigas e novas.

Na saída, Jaber informou ao seu colega que este era apenas um escritório temporário até que se mudasse para sua nova mansão, a primeira da história da aldeia, em um terreno baldio. Com muito orgulho, ele disse que os trabalhadores estavam se esmerando para entregá-la logo, ao que o comandante geral proferiu apenas algumas palavras parabenizando-o.

Dois dias depois, houve uma reunião no gabinete do comandante geral com a presença do seu assistente. Jaber ouviu com atenção enquanto seu filho compartilhava os mínimos detalhes sobre o caso, lembrando-se de puxar seu imponente bigode. Quando ele terminou, o general começou a falar:

General: Gostaria de agradecer ao tenente Marzouk por seu profissionalismo e habilidade de separar a vida profissional da vida familiar.

(*Enquanto ele falava, o general Jaber evitava se referir a Marzouk como "meu filho", mantendo a forma estritamente oficial com que o havia saudado antes.*)

Jaber: Com base nos fatos que cercam o caso e na autoridade que me foi concedida pelo comandante geral, bem como em um assunto que me entristece, tenho um pedido a fazer.

Comandante geral: Vá em frente.

Jaber: Eu gostaria que você reunisse uma unidade especializada com o único propósito de inquirir cada membro da equipe de investigação ligada aos eventos, direta ou indiretamente. Isso inclui todos os nossos colegas no comando da segurança do estádio, sem exceção. Por razões óbvias, cada interrogatório será privativo. Depois que os relatórios forem redigidos, o comandante geral e eu os revisaremos e discutiremos caso a caso.

Comandante geral: Sim, senhor. Entrarei em contato com nossos colegas da Divisão de Inteligência para que finalizem os interrogatórios individuais até amanhã, na esperança de revisarmos o relatório o mais rápido possível.

Jaber: Excelente. Até que eles terminem, analisarei o problema por diferentes perspectivas. Pretendo fazer uma contribuição significativa no encerramento desse caso.

Comandante geral: Se Deus quiser. Obrigado a todos. Lembrem-se de colaborarem uns com os outros em todas as fases dessa investigação. Boa sorte!

Os ritos de luto

Aref ligou para Marzouk, que estava ocupado com o caso, para lhe contar que a aldeia estava mudando mais rápido do que o esperado. Na sequência das recentes mortes e para a surpresa de todos, o emir ordenou que todas as casas fossem pintadas de vermelho-escuro, à custa dele. Qualquer um que se opusesse a essa ordem teria que arcar com as consequências.

Quando Aref sugeriu ao pai que preto seria uma cor mais apropriada para o luto, o ancião explicou o motivo de sua estranha escolha. Citando a singularidade da aldeia, ele apresentou um argumento sofista de que como o vermelho representava sangue, morte e perigo, essa cor serviria de aviso para qualquer assassino em potencial não derramar sangue neste lugar sagrado. Ele também acreditava que este lembrete de morte faria com que as orações dos aldeões pelas almas dos falecidos fossem retribuídas com bênçãos.

Marzouk: Como Moza bint Mourad reagiu a essa ordem?

Aref permaneceu em silêncio, então Marzouk perguntou:

Marzouk: As casas realmente estão pintadas de vermelho?

Aref: Estão no processo. Manterei você informado. A propósito, dizem que o mercado noturno será o primeiro dos empreendimentos a serem lançados.

Marzouk: Sinto muito, Aref, mas tenho muito em que pensar. Sinto saudades das nossas conversas na passarela! Mais ainda das nossas conversas na cafeteria quando nossa única preocupação era consumir infindáveis xícaras de chá... e do que mais sinto saudades é da minha aldeia — a que eu conheço, não a disfarçada.

Aref: Nós nos encontraremos em breve, meu amigo. Desejo-lhe sorte em encontrar o perpetrador. Tchau.

Marzouk: Que Deus esteja com você.

A testemunha que não viu nada

"As três coisas que odeio são: a marca molhada que fica em você, ao redor do estômago, quando lava as mãos, aveia e assassinos!"

Essas palavras foram ditas por uma pessoa de estatura e constituição mediana que se apresentou às onze horas da noite na delegacia da aldeia, assustando o oficial de plantão daquela noite.

"Quero dar um depoimento. É sobre o corpo no estádio."

"Acalme-se um pouco e sente-se. Por favor, diga seu nome e me dê sua identidade. Depois você pode falar."

"Certo. Desculpe-me."

O oficial sentiu que lidar com esse indivíduo estranho, com grande probabilidade de estar desequilibrado, seria problemático. Deixando de lado suas dúvidas, ele contatou o tenente Marzouk, o oficial encarregado do caso, que o instruiu a enviar a testemunha em um carro da polícia para seu escritório na capital. Assim que desligou, Marzouk convocou toda a equipe, inclusive os que estavam de folga.

Durante as duas horas que a testemunha demorou para chegar na cidade, Moussa revisou os arquivos e descobriu que ele tinha a ficha limpa. Ele era casado, sem filhos e trabalhava como subalterno em uma fábrica de borracha.

Foi uma questão de minutos para preparar a papelada necessária e começar o interrogatório.

Marzouk: Antes de prosseguirmos, por que você demorou tanto tempo para apresentar essa informação?

A testemunha: Estava esperando por essa pergunta. Quero esclarecer que eu não fiquei até o final da partida. Logo após o intervalo, minha esposa e eu fomos para o aeroporto e pegamos um voo para os locais sagrados a fim de fazer a Umra.[11] Enquanto eu estava lá, eu soube da notícia pelas mídias sociais. Esta é a cópia da minha passagem. Tenho uma foto da Caaba Sagrada, se quiser.

Marzouk: Não é necessário. Que testemunho gostaria de dar?

A testemunha: Durante o jogo, eu posso ter visto alguém tentando algo.

Marzouk: "Pode ter visto" ou de fato "viu"?

A testemunha: Perdoe-me. Eu com certeza vi alguém tentando amarrar o que parecia ser uma caixa a outra coisa. Ele estava olhando para um lado e para o outro, com a empolgação típica dos espectadores quando um gol era marcado para disfarçar o que quer que estivesse fazendo.

Abdel Fattah: Talvez fosse um dos torcedores.

A testemunha: Poderia ser. Mas suas roupas não eram as mesmas.

Youssef: Você pode descrevê-lo?

---

[11] Umra: A Umra ou Umrah é uma peregrinação para Meca realizada por muçulmanos, que pode ser feita em qualquer período do ano. É chamada às vezes de peregrinação menor, sendo a Hajj a peregrinação maior, a qual é obrigatória para todos os muçulmanos que tenham possibilidade de fazê-la.

A testemunha: Eu só dei uma olhada rápida, então não posso lhe dar uma descrição precisa. Naquele momento, confesso que estava meio distraído, porém quando eu ouvi a notícia, a cena ressurgiu em minha mente...

Youssef: Você pode nos dar uma descrição simples?

A testemunha: Não.

Youssef: Você consegue se lembrar das roupas esportivas que ele usava? Tinha alguma coisa escrita nelas?

A testemunha: Acho que ele estava usando cinza.

Então a testemunha repetiu o que disse na delegacia da aldeia. "As três coisas que odeio são: a marca molhada que fica em você, ao redor do estômago, quando lava as mãos, aveia e assassinos!"

(*Abdel Fattah sussurrou para Youssef que a suposta testemunha era louca e que seu depoimento era inválido.*)

Marzouk: Silêncio, pessoal.

A testemunha: Eu disse alguma coisa errada?

Marzouk: Todos nós odiamos assassinos. Quem não odeia?

A testemunha: Assassinos não se odeiam.

Marzouk: Isso faz sentido. Mas qual é a ligação entre assassinos, aveia e marcas de água?

A testemunha: É apenas uma informação.

Marzouk: Você tem alguma informação importante?

A testemunha: Não.

Marzouk: Obrigado. Você pode ir embora. Entraremos em contato, caso necessário.

A testemunha: Ótimo. Dei meu número ao oficial da delegacia da cidade.

Marzouk: (*Tentando agradar o sujeito*) Obrigado outra vez. Adeus.

(*Moussa o viu sair e voltou. Então retomou seu comentário.*)

Marzouk: Qual é sua opinião sobre essa pessoa?

Fadel: Ele é meio louco.

Youssef: Ele parece estar sofrendo os efeitos nocivos de seu ambiente de trabalho.

Moussa: Suspeito que o que ele acha que viu seja apenas produto de sua imaginação. Em outras palavras, é provável que ele seja uma testemunha que não viu nada.

Marzouk: Mesmo que ele seja perturbado, vou aceitar seu testemunho. Não descartarei nenhuma informação, independentemente de quão pouco confiável possa parecer. Pode ser útil mais tarde. Trabalhe com o que você tem agora e não ligue para um psiquiatra a menos que as coisas evoluam. Nesse momento, qualquer informação é preciosa.

Abdel Fattah: A falta de câmeras de segurança e de presença é um verdadeiro obstáculo para essa investigação.

Marzouk: É verdade.

Neste momento, o coronel Zakaria chegou. Quando ouviu um breve resumo dos acontecimentos da noite, ele disse:

Zakaria: Ele não é louco. Sou eu quem está enlouquecendo com esse caso.

Marzouk: O que acha que devemos fazer, senhor?

Zakaria: Guarde um registro do depoimento dele e da descrição que deu. Podemos precisar disso mais tarde. Não posso negar que parece que estamos tentando encontrar uma agulha no palheiro, mas continue seguindo as pistas que encontrar. Marzouk, estou esperando receber mais informações sobre o irmão de Obeidan.

Marzouk: Estamos trabalhando nisso, senhor.

Zakaria: Alguma novidade sobre os torcedores?

Abdel Fattah: Absolutamente nada, senhor.

Zakaria: Para sua informação, fiquei sabendo que o relatório da Inteligência está com os dois generais. Então, teremos que esperar por suas instruções. Depois disso, a festinha vai acabar.

Vermelho-escuro

Alguns dias depois, Aref ligou para Marzouk:

Aref: Apesar das minhas objeções iniciais, depois da pintura, a aldeia está parecendo uma grande obra de Van Gogh.

Marzouk: Eu gostaria de ver com meus próprios olhos. Posso ter uma opinião diferente, pois ouvir a respeito é uma coisa, porém ver o resultado ao vivo é outra. Estou tão estressado com esse caso detestável que duvido que eu vá nos próximos dias para o meu escritório temporário na aldeia.

Aref: É muito ruim. Contudo tenho certeza de que você está à altura. Mais uma coisa.

Marzouk: Vá em frente, conte-me.

Aref: Um dos turistas hospedado no Hotel dos Ursos escalou a montanha e tirou uma foto aérea da aldeia usando uma câmera profissional. Ele a postou no Instagram e se tornou viral em um piscar de olhos.

Marzouk: Minha amada aldeia está se tornando um destino turístico internacional.

Aref: Além disso, um produtor de cinema obteve permissão do Ministério do Turismo para filmar algumas cenas de seu filme aqui.

Marzouk: Ele é muito bem-vindo. Escute, não me envie nenhuma foto antes de eu ver a aldeia ao vivo.

Aref: Certo. Mas espero que você a encontre nas mídias sociais.

Marzouk: Não tenho tempo para essas coisas. Estou me concentrando apenas no caso. Tchau.

Aref: Boa sorte.

Os quatro quadrados

O coronel Zakaria estava preocupado em irritar o tenente Marzouk com suas constantes intervenções no caso. Apesar de se distinguir por apoiar jovens oficiais e dar-lhes total autoridade, ele suspeitava que Marzouk estava pensando consigo mesmo que, devido ao seu sucesso ininterrupto na resolução dos casos, não havia necessidade de seu oficial superior se intrometer. Mesmo quando ele o enchia de perguntas, o coronel reconheceu que Marzouk merecia ter tempo e espaço suficientes com o mínimo de interferência. Desse modo, talvez ele devesse intervir apenas quando, e se, Marzouk levantasse a bandeira branca da derrota.

Depois de refletir mais sobre o assunto, e sem querer dar a impressão de que estava se gabando, o coronel sentiu-se cada vez mais justificado em compartilhar sua vasta experiência em benefício de Marzouk e sua equipe. Como alternativa, ele poderia tentar explicar-lhe que estava enfrentando uma enorme pressão vinda do alto escalão, dada a natureza crítica do caso e seu impacto negativo no turismo. No entanto, nenhuma das suas reflexões foi posta em prática.

A fim de dar um tapinha no ombro de Marzouk, quebrar a monotonia e energizar as células cerebrais da equipe, o coronel Zakaria os avisou de que eles poderiam ir à próxima reunião com roupas casuais. Melhor ainda, o lugar designado era a amada aldeia de Marzouk, no mercado noturno que já havia sido inaugurado sem qualquer alarde devido aos recentes e chocantes acontecimentos.

Em um dos cafés, a equipe sentou-se em cadeiras em formato de barril, enquanto provavam o hambúrguer de lhama e a massa roxa pela qual este restaurante ganhou fama.

Tanto o coronel quanto o restante da equipe compareceram à reunião de cabeça descoberta e usando *slippers* tradicionais. Respirando o ar revigorante de olhos fechados, o coronel examinou devagarinho a vista brilhante do céu que se fundia com a silhueta do pico da montanha. Como era seu hábito favorito, ele comentou que seu empregado que veio de Gana era uma cópia carbono do presidente da Libéria, George Weah, especialmente se ele aparasse as costeletas. Quando essas gentilezas terminaram, ele se dirigiu à equipe, como um apresentador de *talk show*.

Zakaria: Para estimular as suas células cerebrais, vamos nos aprofundar em um tópico deveras interessante que podemos aplicar nesse caso. Refiro-me à Teoria das Prioridades. Simplificando, essa teoria é dividida em quatro quadrados:

Quadrado 1: Importante e Urgente (Emergências e situações críticas)

Quadrado 2: Importante e Adiável (Planejamento)

Quadrado 3: Desimportante e Urgente (Formalidades e Protocolos)

Quadrado 4: Desimportante e Adiável (Potencialmente útil)

Abdel Fattah: Poderíamos dizer que nossa reunião se enquadra no Quadrado 4.

Zakaria: Isso mesmo. A não realização de uma reunião não afetaria o andamento do caso, uma vez que essa reunião não é vital nem imutável. Poderíamos descrevê-la como uma reunião recreativa para levantar o moral em vez de uma reunião de boa-fé. A longo prazo, reuniões como essa podem ativar nossas ideias e nos ajudar a trabalhar com mais entusiasmo na resolução do caso.

Youssef: Já que começamos de baixo para cima, o que seria o Quadrado 3?

Zakaria: Quem gostaria de responder?

Fadel: Eu, senhor. O procedimento rotineiro de verificação da identidade da testemunha não é importante por si só, mas porque agiliza todos os outros procedimentos que o seguem, nos poupando tempo para a tarefa mais importante que é interrogar a testemunha. Ou seja, o procedimento rotineiro poderia ser dispensado, embora segui-lo signifique seguir as regras. Outros exemplos incluem responder às mensagens sobre o caso nas mídias sociais e responder aos *e-mails* rotineiros de outros departamentos considerados sem importância, mas que, caso se acumulem, podem causar desordem. É mister que os tiremos do caminho.

Zakaria: Muito bem. Nesse ponto, cabe ao oficial superior delegar a alguém a finalização dessas formalidades rotineiras, a fim de evitar o desgaste de detalhes sem importância, o que significa que o lado gerencial se torna mais eficaz.

Moussa: Esse é meu papel, não é, senhor?

Zakaria: Não pretendo minimizar seus esforços, é claro. É um voto de confiança que dou a você. Só atribuo tarefas, sejam grandes, sejam pequenas, a uma pessoa em quem confio, o que exclui qualquer um que seja preguiçoso ou descuidado. Cada membro dessa equipe tem o mesmo valor para mim. Sim, cada um de vocês exerce um papel e juntos apresentamos uma frente sólida. O que é ainda mais importante, Moussa, é que você tem manchas roxas por toda a roupa.

Moussa: Não importa, senhor. A coisa mais importante é que gostei dessa massa deliciosa.

Fadel: E o Quadrado 4?

Zakaria: É mais bem ilustrado pela testemunha que se apresentou recentemente para descrever o homem que viu no estádio. É por isso que pedi a você para arquivar o depoimento dele para uso posterior, caso recebamos outra informação. Por si só, a descrição dada pela testemunha não é considerada urgente, mas ainda é de relevância crítica. Moussa, você verificou os antecedentes médicos e criminais da testemunha, o que é importante, porém, nesse momento, não é considerado urgente, o que mostra que sua contribuição é útil tanto para o Quadrado 2 quanto para o Quadrado 3, não se limita apenas ao 3.

Moussa: Não quis insinuar isso, senhor.

Zakaria: Eu sei. Agora, onde estávamos...? Parece que a idade está chegando porque não consigo me lembrar do que estava falando...

Marzouk: Quadrado 1, senhor.

Zakaria: Então, antes de passarmos para o Quadrado 1, gostaria de dizer que o Quadrado 2 é chamado de "Quadrado dos Vencedores". Ou seja, os vencedores tendem a se concentrar em coisas importantes antes de chegarem ao ponto de se tornarem "urgentes". Por assim dizer, o Quadrado 2 está relacionado ao planejamento inteligente e à proatividade. A partir dessa posição, um vencedor pode obter o controle ideal dos três quadrados restantes, enquanto dá margem para casos excepcionais ou de emergência no Quadrado 1, que descreve o presente caso.

Fadel: Suponha que quiséssemos aplicar detalhes específicos em vez de generalidades em relação ao *status* atual de nossa investigação, que questões você consideraria pertencentes ao Quadrado 1?

Zakaria: Com base nos dados, acredito que interrogar o irmão da vítima entraria no Quadrado 1. Na sua opinião, o que mais poderíamos incluir nesse quadrado?

Abdel Fattah: Poderia ser o Relatório de Inteligência?

Zakaria: Com todo respeito ao general Jaber, minha grande experiência me diz que o Relatório de Inteligência pertence ao Quadrado 4. O general pode até não fazer uso desse documento.

Marzouk: Sua opinião está certa, senhor, então não é necessária nenhuma justificativa. Na qualidade de policial, conscientemente esqueço que ele é meu pai, nem ele aceitaria a ideia de me tratar como filho.

Zakaria: Obrigado. Alguém quer acrescentar alguma coisa?

Fadel: Por enquanto não, senhor. Entretanto não há dúvida de que, à medida que o caso se desenrola, mais coisas serão adicionadas ao Quadrado 1.

Zakaria: Sem dúvida.

Marzouk: A propósito, senhor, eu recebi uma mensagem de texto de nossos colegas do Controle de Passaportes há duas horas informando que o irmão da vítima voltou ao país.

Zakaria: Excelente. Vamos concluir nossa reuniãozinha agora. Certifique-se de fazer seu trabalho de acordo com os quatro quadrados, sobretudo o primeiro.

Marzouk: Vou convocá-lo amanhã.

Zakaria: Ótimo. Se eu não comparecer ao interrogatório, sei que fará um bom trabalho. Esta reunião é um presente meu, então pagarei a conta.

Marzouk: Mas o senhor está visitando minha terra natal, senhor, é meu dever oferecer hospitalidade aos visitantes.

Zakaria: Somos todos compatriotas. O que queremos de você é uma daquelas comemorações incríveis pelas quais sua aldeia é famosa. Será um banquete "matador", que se realizará só depois de pegarmos o "matador" deste caso.

Marzouk: Bom jogo de palavras, senhor.

Moussa: O que é "jogo de palavras"?

Marzouk: Pelo que me lembro do que meu primo Aref, que é especialista em artifícios literários, me ensinou, nosso coronel usou a mesma palavra, porém em contextos totalmente diferentes: um banquete "matador" é extremamente alegre, ao passo que o nosso alvo, que também é um "matador", nos remete a algo lamentável.

Zakaria: Então hoje estudamos técnicas de gerenciamento e jogo de palavras também para ativar nosso pensamento. Até nos encontrarmos outra vez, adeus a todos!

Marzouk: Essa conversa sobre linguagem me distraiu. Prometo que assim que encerrarmos esse caso, eu convidarei todos vocês para o maior banquete comemorativo que vocês já viram!

Zakaria: Marcado.

Moussa: Espere um minuto, senhor, gostaria de outro prato de massa roxa.

Zakaria: Não peça mais nada. É uma ordem. Não por maldade, mas pelo bem de sua saúde.

Moussa: Muito bem, senhor. A propósito, senhor, qual sua formação universitária?

Zakaria: O momento para essa pergunta é muito estranho... Sou formado em administração. Na verdade, acabo de concluir mestrado em pensamento criativo. Não quero que ninguém me parabenize agora — vamos aguardar o encerramento do caso ou, pelo menos, até Moussa atingir seu peso ideal.

Todos riram e voltaram para a cidade, incluindo Marzouk. Nessa ocasião, porém, ele não passou por Moza bint Mourad.

O relatório da Inteligência

O General Jaber fechou a porta, usando o ombro para assegurar-se de que estava bem fechada. Girando a chave na fechadura pela metade, lembrou-se de ter lido sobre um estudo de saúde mental que afirmava que esse hábito indicava uma personalidade instável. Tirou de seu bolso um recibo velho de gasolina e uma embalagem de biscoitos e jogou-os no lixo. Então, virou-se para saudar o comandante geral.

General Jaber: Como está?

Comandante geral: Bem, obrigado. A propósito, não está na hora do jovem Marzouk se casar? Parece que essa geração está rejeitando o costume de se casar cedo.

General Jaber: Junto com mais um monte de coisas. Parece até que nós, a geração mais velha, estamos sendo obrigados a nos unir a eles.

Comandante geral: Obrigados, é?

General Jaber: Marzouk e seu primo Aref anunciaram sua decisão conjunta de se casarem quando completarem 33 anos. Por favor não me pergunte por quê.

Comandante geral: Aliás, estou aliviado por Ziko estar na equipe. Ele é eficiente, prático e carismático também. Eles têm muito a ganhar com essa parceria.

General Jaber: Ziko?

Comandante geral: Digo, coronel Zakaria, Ha, ha.

General Jaber: Ah, sei. Quando você disse Ziko fiquei confuso por alguns segundos.

Comandante geral: Você sabe por que solicitei essa reunião?

General Jaber: É sobre o Relatório da Inteligência ou algo do tipo?

Comandante geral: Isso mesmo.

General Jaber: Com base nas observações anteriores, espero que tenham uma pista definitiva sobre o perpetrador.

(Ao fundo, ouvia-se o som suave e insistente de um pássaro batendo na janela.)

Comandante geral: Quanto tempo vamos permanecer nesse beco sem saída?

General Jaber: Você deve estar se perguntando o que a equipe de Inteligência descobriu.

Comandante geral: Bem, como dizem, "O livro é mais claro que o título". Mas, por favor, atualize-me.

General Jaber: Para ser justo, eles se esforçaram muito para apresentar relatórios focados e coerentes. Como você sabe, o relatório é carimbado como "Altamente Confidencial". O foco do relatório é a possibilidade do envolvimento privilegiado por parte de um policial, direta ou indiretamente, seja intencional ou por negligência. Se você observar este gráfico, notará que o retângulo está dividido em quatro cores: Verde — Perigo Insignificante (25%); Amarelo — Perigo Moderado (25%); Vermelho — Grande Perigo (50 a 75%); Preto — Perigo Gritante que requer ação decisiva ou Corte Marcial (7 a 100%). Hoje, nosso caso se enquadra na cor verde com um nível de perigo estimado em 3,5%.

Comandante geral: Em nosso tempo, os relatórios não eram tão avançados, e tenho tantas perguntas na cabeça que vou ter que esperar até terminarmos de interrogar Mansour.

General Jaber: Soa como um bom plano.

Terminada a conversa, ele se despediu.

Mansour ganha a partida

Marzouk intimou Mansour por telefone, e tudo transcorreu muito bem. Na verdade, todo o processo foi tranquilo, desde o momento que Mansour chegou à Sala de Conferência e se viu cercado pelos membros da equipe investigativa. Sentado no interrogatório estava o coronel Zakaria, ainda se sentindo desconfortável com a ideia de que Marzouk pudesse se ressentir com sua presença quase invariável.

Zakaria: Não farei perguntas rotineiras como seu nome e idade, claro, já que investigamos até seu último fio de cabelo. Sabemos tudo sobre você, até mesmo o tamanho de sua cueca. (*Com a intenção de colocar pressão psicológica.*)

Mansour: Tenho plena confiança em meu país e, por conseguinte, acredito que todas essas informações que você coletou serão convertidas em meu benefício, desde que eu não faça nada errado.

Zakaria: Vamos lá, então. Por que você não fez uma reunião de condolências apropriada para seu irmão em vez de ir para o aeroporto logo após o enterro dele? (*Sorrindo de forma não ameaçadora.*)

Mansour: Cumpri meu dever religioso em termos de enterro e orações para os mortos. Depois fui embora. Existe uma lei que exige que eu realize uma reunião de condolências?

Zakaria: Claro que não. Mas é de praxe que um irmão receba condolências quando seu único irmão falece. É a nossa regra.

Mansour: As regras substituem a lei em nosso país a ponto de você querer me processar, senhor?

Zakaria: Decerto que não. Mas você pode me explicar o motivo? Estamos aqui para protegê-lo. Estamos do seu lado. Você tem direito de não responder a essa pergunta se achar uma invasão de privacidade. (*Mudando para uma postura mais simpática.*)

Mansour: Claro que responderei à pergunta. Quando você pesquisou sobre mim, sem dúvida soube que eu estou sozinho neste mundo. Obeidan era meu único parente, não tenho mais ninguém. Quando ele foi morto, tenho certeza de que você pode imaginar quão desgastante é ser o único receptor de expressões de simpatia, sejam elas genuínas ou não. É por isso que resolvi dispensar esse ritual sem sentido. Com a partida de meu irmão, me senti tão oprimido que o único remédio foi sair de meu país, onde tudo me lembrava ele — seus comprimidos, cotonetes, chaves do carro, a soleira da porta e até o menino da mercearia — cada coisa era uma lembrança dolorosa. Acima de tudo, sou uma pessoa caseira por natureza. Não gosto de me misturar com outras pessoas. Prefiro administrar meus negócios a distância.

Marzouk: Pelos nossos registros, você costumava depositar grandes somas de dinheiro usando uma procuração de seu irmão. De onde você tirou esse dinheiro?

Mansour: Senhor, por acaso esses mesmos registros que checaram o tamanho da minha cueca lhe informaram que eu tenho uma licença comercial? Sou um comerciante de café bem-sucedido que recebe uma boa renda.

Abdel Fattah: Deixe-me reformular a pergunta. As exorbitantes quantias depositadas na conta de seu irmão provêm de seu dinheiro?

Mansour: Um irmão nomeia o outro. Onde está o mal nisso?

Fadel: Mansour, vamos fazer a pergunta de outra maneira. Por que você depositou dinheiro na conta de seu irmão, sabendo que a condição médica dele o tornava incapaz de assumir responsabilidades por suas ações? De que este dinheiro serviria para ele? Você tem uma procuração, então não faz diferença para qual conta o dinheiro vai. De qualquer modo, você era capaz de fazer uso de qualquer uma das contas se quisesse sustentá-lo. Você pode ser paciente comigo e responder à pergunta? (*Na tentativa de dissipar a tensão.*)

Mansour: (*Sem hesitação alguma*) Não há garantias nesse mundo, por isso precisamos tomar precauções. Eu poderia ter morrido antes de Obeidan. É por isso que tive que deixar algo para ele, apenas no caso de isso acontecer.

Youssef: Na ausência de outro parente, ele seria o único herdeiro de toda a sua fortuna, supondo que você morresse antes dele. Portanto, não havia necessidade de perder tempo e esforço em dividir o dinheiro em duas contas. Por que tanto drama?

Mansour: Primeiro, você deveria saber melhor do que eu como é complicado lidar com a papelada envolvendo questões de herança. Pode levar até dois anos. Prefiro queimar até virar cinzas em meu túmulo do que sujeitar meu irmão a tal coisa. Segundo, a solução ideal, então, era colocar o dinheiro em sua conta bancária, por isso dei uma procuração ao meu vizinho Taleb, que é um homem muito decente. Na minha ausência, por qualquer motivo, ele cuidaria do dinheiro de Obeidan. Você mesmo pode verificar isso com o banco. De maneira informal e amigável, confiei a Taleb os cuidados de meu irmão, tanto financeira quanto praticamente, caso eu morresse antes dele. Estou lhe contando a verdade. Terceiro, não tenho obrigação, como o coronel disse, de responder a quaisquer perguntas intrusivas. Quarto, você pode prestar queixa e me transferir para a promotoria se encontrar alguma evidência concreta de irregularidades da minha parte, o que com certeza não acontecerá. Quinto, acho melhor você se concentrar em pegar o verdadeiro criminoso que matou meu irmão para que todos possamos dormir à noite sem preocupações. Seu trabalho é vingar o sangue inocente dele em vez de tentar criar um caso contra mim. Pare de tentar dar uma de esperto comigo. Concentre-se em prender o assassino, que pode atacar outra vez e tirar a vida de mais alguém.

Zakaria: Acalme-se, agora. Concordo plenamente com tudo o que diz. Como disse antes, estamos do seu lado. Mesmo que entrar em detalhes de sua vida o incomode, por favor, acredite que é para seu próprio bem. Queremos achar o assassino. Lembre-se de que nunca vimos você antes, então não leve esse interrogatório para o lado pessoal.

Aproveitando que o comandante Fadel perguntou a Mansour o que ele gostaria de beber, Moussa sussurrou ao coronel que os documentos bancários do arquivo de Mansour confirmavam que ele havia sido preciso em seu depoimento. O coronel assentiu e então abaixou a cabeça, olhando fixamente para o chão. Moussa retornou para seu humilde assento.

Mansour recusou todas as ofertas de refresco, então o coronel reiterou:

Zakaria: Deixe-me repetir. Estamos do seu lado. Fique calmo.

Mansour: Estou calmo, senhor, e totalmente confiante. Mais alguma coisa?

Zakaria: Isso é tudo por enquanto. Boa sorte.

Mansour: Obrigado.

Respondendo a um sinal do coronel, Moussa acompanhou o suspeito até a saída e, quando voltou, disse:

Moussa: Mansour nos venceu.

Zakaria (*Rosnando de raiva*): Saiam todos vocês! Saiam da minha frente!

Como ratos assustados, toda a equipe se retirou em silêncio.

Perfume com cheiro de livro

Logo após o ataque de nervos do coronel Zakaria, Marzouk ligou para Aref para desabafar a raiva que sentiu pela forma como seu chefe havia dispensado a equipe. Na tentativa de acalmar o amigo, Aref disse para ele fazer concessões ao coronel. Ele salientou que tudo se devia à tremenda pressão que estava sofrendo dos seus superiores. Ele acalmou Marzouk ainda mais, pedindo-lhe que demonstrasse empatia pelo coronel, que devia estar tão nervoso que provavelmente deu um pulo da cadeira quando viu seu reflexo no espelho.

Aref: Fora todos os problemas, o que você me diria se eu lhe convidasse para sentir uma fragrância maravilhosa? Afinal, estamos vivendo na era da realidade virtual, não é mesmo?

Marzouk: Como assim?

Aref: Tenho notícias incríveis para contar.

Marzouk: Faz muito tempo que não ouço nenhuma, então, pelo amor de Deus, se apresse para me contar!

Aref: Ganhei o Prêmio Nacional de Cultura e Literatura na categoria "Revelação Mais Promissora". Eles estão me concedendo essa honra em reconhecimento ao que eles descrevem como "enredo brilhantemente criativo, imagens únicas e forte desenvolvimento de personagem" do meu primeiro romance, *Filho da aldeia*. Recebi um *e-mail* da Comissão de Premiação anunciando a novidade. A cerimônia de premiação será realizada amanhã de manhã no Teatro Nacional, na cidade.

Marzouk: Você acredita que estou chorando? Meu Deus... não consigo encontrar palavras para expressar minha alegria.

Aref: Obrigado, meu querido primo. Amanhã à noite teremos um banquete comemorativo no restaurante do Hotel dos Ursos.

Marzouk: Ah, acho que não conseguirei comparecer.

Aref: Já esperava por isso, mas ficaria emocionado se você conseguisse ir.

Marzouk: Farei o meu melhor.

Aref: Maravilha. Até logo.

Marzouk: Tchau.

Ocorreu a Aref que essa seria a segunda vez que as circunstâncias impediriam seu amigo do peito de participar de um dos momentos decisivos de sua vida. Sentindo-se um pouco para baixo, dirigiu-se para a cafeteria local a fim de se animar com um copo de chá de menta.

De volta ao seu alojamento temporário na cidade, Marzouk vasculhou suas coisas, buscando pela fragrância de cheiro de livro que havia encontrado *on-line* e encomendado (a um preço considerável) de um *site* americano. O momento oportuno para dar esse presente chegou mais cedo do que o esperado.

Como não teve tempo de embrulhar o perfume para presente, Marzouk o enviou em sua embalagem original pelo mensageiro da vila local, com instruções para ser entregue a Aref. Apesar das breves palavras do bilhete ("Para-

béns, primo. O próximo será o Prêmio Nobel!")
que estava fixado ao presente, o escritor em ascensão ficou tocado, mais do que com as palavras, com a originalidade da fragrância e ligou para Marzouk. Depois de desligar, uma nuvem de melancolia pareceu pairar sobre sua cabeça ao perceber que o presente era a confirmação da ausência de seu amigo nas festividades.

Obedian, o homem que morreu duas vezes

Em uma das reuniões trimestrais decretadas pelo coronel e antes de abordar a questão do corpo no estádio, ele solicitou atualizações acerca de diversos casos sob investigação das demais equipes. Como resposta, Moussa, que trabalhou em vários departamentos, puxou uma foto de um suspeito de um caso chamado "O Extintor de Incêndio". Depois de olhar fixamente para a foto, o coronel comentou:

Zakaria: Estou convencido de que pessoas que ficam bem usando óculos de sol são, na verdade, bem feias, o que descobrimos assim que elas tiram os óculos. Quase sempre, isso é certo para pessoas que costumam postar fotos de si mesmas nas mídias sociais na tentativa de mascarar a feiura que existe por baixo. Em contraste, a verdadeira beleza é prejudicada pelo uso de óculos escuros. Continuando, nada fora do comum está acontecendo com nossos colegas.

Nesse momento, o secretário do comandante geral irrompeu na sala e, como um idiota, permaneceu sem abrir a boca.

Zakaria: Por que você está olhando para nós desse jeito? Fale!

Secretário: Senhor, não sei como lhe contar isso, mas... senhor...

Enquanto toda a equipe olhava para ele, o coronel o atacou mais uma vez.

Zakaria: Eu disse para falar! Qual novo desastre você nos trouxe?

Secretário: Eu juro, senhor, não estou entendendo nada, porém vou lhe contar mesmo assim. Recebemos um relatório da polícia da montanha dizendo que testemunhas oculares viram o corpo de Obeidan no mesmo poço em que sua esposa assassinada foi encontrada.

O coronel pulou de sua cadeira e agarrou o homem pelo colarinho, balbuciando de tanta raiva que suas veias salientes pareciam falar em vez da boca.

Zakaria: Isso é hora de brincadeiras sem graça? Você não tem nada melhor para fazer?

Por ser a pessoa mais velha da equipe, Abdel Fattah se levantou na tentativa de restaurar a paz.

Secretário: Senhor, juro que vim até aqui por causa de uma mensagem do comandante geral, que foi informado pelo general Jaber que o senhor não estava atendendo às ligações dele (parece que seu telefone estava no modo silencioso). Para a sua informação, senhor, ele saiu de seu escritório para participar de uma reunião com as autoridades do governo central.

Devido aos gestos pacificadores feitos por Abdel Fattah ou a percepção de que ele havia chegado à conclusão errada (ou talvez ambos), a raiva do coronel diminuiu como um balão inflado. Ele retomou seu assento e viu as chamadas perdidas, ligando ato contínuo para seu oficial superior.

Enquanto Abdel Fattah, como um mediador tribal, conduzia o secretário para fora, o coronel Zakaria disse:

Zakaria: Sim, senhor. Sim, senhor, estou escutando. Muito bem, senhor. Como desejar, senhor.

Ele desligou e se dirigiu à equipe. Ladrando ordens como um...

"Moussa! Vá até o cemitério da aldeia."

"Sim, senhor."

"Marzouk, vá para o poço agora mesmo."

"Abdel Fattah, vá à sede da polícia da aldeia."

"Sim, senhor."

Após a saída dos três integrantes da equipe, o tenente Fadel falou:

Fadel: O túmulo foi mexido, senhor?

Zakaria: Não faço ideia.

Youssef: Deseja que fiquemos aqui, senhor?

Zakaria: Sim, para me impedir de apontar uma arma para mim mesmo.

O silêncio reinou por um tempo.

Zakaria: Se esse caso não for resolvido logo, farei isso.

Depois de meia hora de silêncio, o xerife da polícia da montanha ligou para dizer que o túmulo de Obeidan estava intacto, acrescentando que Moussa ainda não havia aparecido. Frustrado, à beira da loucura, o coronel ligou para Moussa instruindo-o a se juntar a Marzouk no poço.

Dez minutos depois, Marzouk telefonou com a notícia surpreendente de que o corpo no poço era apenas um boneco de cera, semelhante às réplicas de líderes mundiais e celebridades em exibição no museu de cera de Londres.

O choque foi tão grande que o coronel começou a esfregar o rosto com uma das mãos, pressionando os olhos com força como se pretendesse arrancá-los. De repente, ele saltou da cadeira como se estivesse possuído e berrou:

Zakaria: Fadel! (*Em um tom enganosamente calmo, como um vulcão prestes a entrar em erupção.*) Posso te perguntar uma coisa?

Fadel: Sim, senhor?

Zakaria: Você pode me garantir que isso é apenas um pesadelo?

Fadel: Senhor... er...

Zakaria: E você, Moussa, você pode me dizer que eu apenas perdi minha cabeça? Pela primeira vez em minha vida, anseio pela ideia de ser louco.

Moussa: Senhor, as coisas irão se esclarecer...

Nesse momento, Zakaria recebeu uma ligação do comandante geral, e o coronel mandou que saíssem da sala.

Uma recarga de *crispy cream*

Com o pôr do sol, as nuvens se juntaram e formaram uma figura de bordas irregulares que se assemelhava a espinhos de um ouriço. Algumas horas depois da notícia do corpo de cera, sentindo como se esses espinhos estivessem penetrando em seus ossos, o coronel olhou para o *scanner* de impressões digitais no computador, ignorando sua equipe. De repente, ele deu um pulo. Seu estado de raiva anterior foi substituído por um sentimento de remorso.

Vestido com as roupas civis que costumava usar às segundas e quintas-feiras, o coronel pediu ao seu *wakeel*[12] que o acompanhasse até o estacionamento, dizendo que gostaria de pegar uma das viaturas da polícia para se dirigir a uma relojoaria de luxo no *shopping*, ao lado da estação de ônibus. Na loja, deu uma rápida olhada na mercadoria, comprou um relógio no valor de três mil dólares e pediu para embrulhar para presente.

Acostumado às normas da polícia de "Primeiro cumprir ordens, depois fazer perguntas", Abdel Fattah estava pronto para que seu superior fizesse novos pedidos bizarros. Com certeza, o coronel, que tinha a reputação de conhecer todos os endereços e períodos de folga de sua equipe, mandou-o ir à casa do secretário do comandante geral, que acabara de encerrar seu turno

---

[12] Wakeel: Na lei islâmica, um wakīl (وكيل), na literatura mais antiga vakeel, é um deputado, delegado ou agente que age em nome de um principal. Pode referir-se a um advogado, diplomata ou guardião de uma mesquita ou ordem religiosa.

de trabalho. Os dois chegaram à porta e tocaram a campainha. A porta foi aberta por um homem de sessenta e poucos anos com cabelos grisalhos e feições benevolentes que presumiram ser o pai do secretário. Ele estava envolto por uma aura de sabão, como se tivesse acabado de sair do banho.

Assim que cumprimentou o pai, voltou ao carro para atender uma ligação do comandante geral. Olhando pela janela do carro, para o mundo silencioso lá fora, ele percebeu uma semelhança entre o pai do secretário e o Fidel Castro de trinta anos antes de sua morte. Pela sua linguagem corporal, deduziu que o pai estava indo chamar o filho e, pelo seu jeito de se portar, também deduziu que o homem havia sido militar, com provável chance de ter sido obrigado a se aposentar mais cedo.

Nesse momento, surgiu em cena o filho, usando a farda do Porto. O coronel saiu do carro e foi direto em sua direção. Para a surpresa do secretário, o coronel o beijou na testa e se desculpou, enquanto o rapaz resistiu debilmente a essa inesperada demonstração de respeito de um oficial superior. Esses gestos ocorriam diante do olhar espantado e bastante satisfeito do pai, curioso para, mais tarde, ouvir de seu filho os detalhes. Como gesto final, o coronel apresentou-se ao pai e despediu-se, diante dos sorrisos agradecidos de pai e filho.

No caminho de volta à delegacia, Abdel não conteve sua curiosidade ardente e perguntou ao seu superior. "Por que o senhor não fez isso no trabalho em vez de ir à casa dele?" O coronel respondeu, "No escritório, tenho que seguir o protocolo. Eu não poderia beijá-lo na testa e me desculpar por acusá-lo injustamente de pregar uma peça em nós. Agora, posso ficar tranquilo, Abdel Fattah, e me concentrar neste caso maldito. Mas agora preciso de combustível."

"Qual tipo de combustível, senhor?"

"Um *donut* de Nutella da *Crispy Cream*."

"Nós passaremos por uma filial deles no posto de gasolina. Eu vou encher o tanque e acertar dois coelhos com uma cajadada só."

"Vamos."

Alguns minutos depois, o coronel estava devorando seu *donut*, o açúcar preenchendo suas veias com vingança. Apesar de pedir guardanapos extras ao subordinado, alegando que eram mais importantes para ele do que a comida, o coronel não impediu que a Nutella pingasse em suas roupas brancas. Lembrou como havia provocado Moussa quando isso aconteceu a ele e rindo ao pensar que a mesma coisa estava acontecendo agora.

Bem-humorado após sua recarga açucarada, percebeu que não estava em condições de retornar à sua equipe. Ele disse para Abdel Fattah deixá-lo em seu carro, entregar as caixas de *donuts* que havia comprado para cada membro da equipe e informá-los de que poderiam ir para casa mais cedo, desde que chegassem ao trabalho às dez horas em ponto do dia seguinte, prontos para atacar o caso outra vez, da mesma forma que atacaram os *donuts*. Foi uma boa ideia dormir um pouco para voltar ao trabalho com a mente descansada.

Enquanto o coronel estava em sua missão, a equipe estava sentada no escritório, jogando joguinhos de celular enquanto aguardavam as ordens. Marzouk ligou para Aref, que lhe disse que, depois de muita reflexão, havia decidido cancelar a festa que deveria acontecer no Hotel dos Ursos devido às difíceis circunstâncias pelas quais a aldeia estava passando. Ele acrescentou que a cerimônia de premiação no Teatro Nacional foi elegante em sua simplicidade. Após um minuto de silêncio, Aref continuou:

"Apesar da sequência horrenda de efeitos que ocorreu na aldeia, a vida sempre nos oferece uma segunda chance para nos fazer esquecer a dura realidade."

"O que quer dizer, Aref?"

"Durante a reunião com os jurados do prêmio, descobri que eles me qualificaram automaticamente a fim de me tornar um candidato para representar meu país no recém-introduzido Prêmio Árabe para Escritores Talentosos. Cada país árabe tem o direito de indicar três livros para serem avaliados pela banca por três escritores diferentes. Eles também farão alguns testes de escrita."

"Que notícia maravilhosa! Como eu gostaria de me livrar da dor de cabeça que este caso anda me dando para que possamos passar bons momentos juntos novamente!"

"Deus queira."

Em uma tentativa de superar seu cansaço e aliviar o clima, Marzouk disse, "Primeiro você estava testando minhas habilidades de escrita, agora é você que está sendo testado. Ha, ha."

"Ha, ha. É hora de ir para cama. Ah, você sabia que seu pai foi convocado pelo comandante geral para auxiliar no caso? Acho que ele se juntará a você amanhã ou depois de amanhã."

"Não, não fazia ideia. Obrigado por me avisar. Até logo."

Nesse momento, o sargento entrou na sala, transmitiu-lhes a mensagem e distribuiu o espólio.

Procura-se um romancista

Pouco antes das dez horas da manhã seguinte, pai e filho, junto com o resto da equipe, esperavam o coronel. Este último chegou pontualmente, cumprimentando e dando calorosas boas-vindas ao general Jaber antes de sinalizar ao filho, o tenente Marzouk, que estava com a palavra.

Zakaria: É verdade que estamos diante de um enigma, mas acredito que, em algum momento, resolveremos o caso. Não sei quando ou como, porém estou convencido de que conseguiremos.

Jaber: (*Em um tom sombrio*) Vamos esperar que você e sua equipe consigam, tenente. De qualquer maneira, boa sorte.

Marzouk: Obrigado, senhor.

Zakaria: (*Em um tom otimista*) Estou aberto a todos os cenários possíveis. Quais são as novidades sobre os acontecimentos?

Marzouk: Como você já sabe, não temos museu de cera em nosso país, nem fábricas ou artesãos especializados nesse tipo de coisa, que eu saiba.

Youssef: Deus nos ajude.

Marzouk: Em resumo, o corpo de cera encontrado no poço era uma réplica perfeita do cadáver de Obeidan encontrado no mesmo poço. A pessoa que encontrou o boneco de cera era um pastor que cuidava de seu rebanho nas proximidades. Ele relatou a descoberta aos nossos colegas na delegacia. Embora nossos companheiros aldeões evitem chegar perto do poço, alguns deles não conseguem romper o estranho costume de ocasionalmente examinar sua superfície, como se lá houvesse surpresas para eles, agradáveis ou não. Ou, talvez, essas pessoas estejam esperando que o poço, da noite para o dia, revele todos os acontecimentos misteriosos e até mesmo desfaça o feitiço durante o processo.

Fadel: Estou começando a me sentir impotente e sobrecarregado.

Marzouk: Já lhe disse antes, Fadel, não quero nenhuma atitude derrotista na minha equipe.

Fadel: Sim, senhor.

Marzouk: Não acaba aí, cavalheiros. O estranho é que o corpo de cera foi dissolvido no mesmo tipo de ácido que o real, também em uma segunda-feira e no mesmo local onde a esposa de Obeidan foi encontrada.

Youssef: Deve haver uma ligação entre o corpo de cera e a história de que Obeidan aborreceu o gênio ao urinar sobre sua morada.

Fadel: Se conseguirmos encontrar o elo perdido, poderemos desvendar o mistério.

Abdel Fattah: Ou pode ser exatamente o oposto — uma pista falsa lançada contra nós pelo assassino para nos atrapalhar.

Moussa: Nesse caso, o criminoso está mais perto do que imaginamos. Ele pode até estar perto de nós, sem que saibamos.

Marzouk: Isso pede uma reunião de *brainstorming*.

Jaber: Tenho uma ideia... hmmm... não, seria estranho.

Zakaria: O que seria, senhor?

Jaber: Solicitar o apoio de pessoas de fora.

Zakaria: Entendido, senhor.

Jaber: Baseado em meus longos anos de experiência em investigação criminal, acredito que nossa equipe possa ficar sobrecarregada com tanta dúvida e confusão. No entanto, quando chegamos a um impasse, podemos avançar em um piscar de olhos se essa pista puder vir de um homem idoso na mesquita ou de um pedaço de papel esquecido em um carro.

Zakaria: Isso é verdade, senhor.

Jaber: Quero buscar ajuda dos principais escritores árabes de crimes.

Youssef: Não estou entendendo, senhor. Que tipo de ajuda eles poderiam nos oferecer?

Jaber: Bem, vamos ligar para os maiores nomes da literatura do crime e hospedá-los no Hotel dos Ursos. Faremos reuniões com essas pessoas e forneceremos todos os fatos e detalhes sobre o caso, respondendo a quaisquer perguntas que possam fazer. Dessa forma, eles poderiam encontrar respostas úteis para elas.

Abdel Fattah: Como quais?

Jaber: Se essa sequência de eventos se desenrolasse em um de seus livros, quem poderia ser o perpetrador?

Youssef: Que ideia fantástica, senhor!

Fadel: Mas isso não comprometeria o caso e por consequência a imagem do país?

Jaber: Para mim pegar o criminoso é mais importante do que o protocolo e a imagem. Apenas vamos colocar as mãos nele e dane-se a questão da imagem.

Fadel: O senhor não acha que corremos o risco de que, ao mesmo tempo, nossa imagem seja maculada e o sigilo do caso seja escancarado?

Jaber: Como o tenente Marzouk disse, não há espaço para conversas derrotistas em nossa equipe.

Zakaria: A experiência desses escritores por si só pode ser suficiente para nos ajudar?

Jaber: Sim. Essas pessoas escrevem sobre crimes da vida real ou crimes que poderiam ser cometidos. É por isso que se aprofundam em métodos de investigação criminal, procedimentos policiais, estudos de sociologia, mentalidade criminosa e perfis de vítimas. Alguns escritores consultam registros de prisão, outros se arriscam desenterrando informações para adicionar riqueza e profundidade à sua trama.

Zakaria: Qual seria o próximo passo, senhor?

Antes que o general pudesse responder, o comandante geral ligou para o coronel Zakaria em seu telefone particular.

Zakaria: Bom dia, senhor. Sim, senhor. Estamos fazendo o possível. Falo com o senhor assim que terminarmos a reunião. Sim, senhor... Obrigado.

Moussa: Gostaria de dizer uma coisa. Esses escritores poderão vir pessoalmente, mesmo com a propagação do coronavírus?

Jaber: Graças a Deus, nosso país e todos os nossos vizinhos estão longe da pandemia. Estamos muito melhores que China, América e Itália, com apenas alguns casos aleatórios e atividade aeroportuária normal.

Moussa: Os casos estão começando a aumentar...

Jaber: Até agora, porém, ainda estamos dentro dos limites de casos aleatórios.

Abdel Fattah: Ouvi dizer que vão reforçar as medidas de segurança e proibir voos, talvez.

Zakaria: Duvido. De qualquer maneira, vamos lidar com as coisas do jeito que estão agora. Qual o próximo passo, senhor?

Jaber: Prossigam com as investigações de rotina aqui e ali. Quero que o tenente Marzouk e Moussa, como penalidade por estarem demasiado ansiosos com o vírus...

Moussa: Sim, senhor.

Jaber: (*Rindo*) Sente-se. Você me fez esquecer o que estava dizendo...

Moussa: O senhor estava prestes a atribuir algumas funções ao tenente Marzouk e a mim.

Jaber: Ah, isso mesmo... amanhã a esta hora quero que vocês dois tenham uma lista de sugestão com cinco nomes de autores para convidar para nosso país. Só para vocês saberem, já recebi a aprovação preliminar do comandante geral com a promessa de nos conceder um orçamento adequado para esse esquema.

Marzouk: É seu costume fornecer financiamento infalível. De nossa parte, estamos sempre felizes em cumprir as ordens.

Jaber: Deus os abençoe. Dada a premência do caso, o comandante geral recomenda a realização de reuniões diárias e sem folgas, incluindo finais de semana e feriados, até pegarmos o perpetrador.

Ante suas palavras, a equipe disse, coletivamente, "Sim, senhor!".

Imediatamente após sair da reunião, a ligação de Marzouk para Aref começou sem problemas.

"Admita!"

"O quê?"

"Admita!"

"Do que você está falando?"

"Foi você quem contou ao meu pai?"

"Receio não estar entendendo o que você está falando. Parece que esse caso o tem deixado nervoso, querido primo."

"Em resumo, foi você quem sugeriu ao meu pai que procurássemos ajuda de escritores policiais?"

"Sim. A ideia incomoda você? Há algo de errado nisso?"

"Não, mas o que me chateou foi pensar que meu pai não atribuiu a ideia a você. Ele fez parecer como se tivesse sido ideia dele. Porém, baseado em todas as informações que ele forneceu, deduzi que tinha sido ideia sua. Especialmente quando relacionei isso com o fato de que você sabia, antes de mim, que ele estaria presente na reunião, além das coisas que ele mencionou como o tanque de água e o túmulo, tudo isso me dizia que era ideia sua, não dele. Isso me fez ter certeza de que vocês dois se encontraram e discutiram o caso."

"Correto. Mas ele é meu tio e, afinal, foi apenas uma ideia. Então deixe-o fazer o que quiser."

"Mas isso é antiético. Meu pai nunca foi assim... é óbvio que a cidade corrompeu muitos de nossos valores."

"Ele é seu pai, Marzouk. Não fale sobre ele dessa maneira, não importa o que aconteça. Até você mudou. Além do mais, sou eu quem deveria ficar chateado, só que não fiquei. Isso não é um problema."

"O que está errado, está errado. Estou convencido de que esse jeito desleal de falar sobre sua ideia terá um impacto negativo no sucesso desse caso."

"Por que você considera isso errado?"

"Porque é."

"Não culpo você. Fomos criados para fazermos julgamentos rígidos, mas agora somos mais velhos e sábios o suficiente para sabermos que devemos discutir as coisas antes de julgar."

"Até você mudou, Aref."

"Isso se aplica a você, a mim, a nossos pais e a toda a aldeia, com pouquíssimas exceções. Não condene seu pai. Pode ter sido um descuido."

"Continuando, quais são as novidades sobre sua nomeação?"

"Estou feliz por você ter mudado de assunto. As coisas estão se encaixando e fui formalmente nomeado com base no único livro que escrevi. Agora nos pediram para passarmos para a escrita de "localização"."

"Que significa?"

"Temos que fornecer descrições criativas de qualquer localização geográfica no mundo, seja local ou global."

"Você escreverá sobre nossa aldeia?"

"Acho que não. Quero evitar a armadilha de repetição, especialmente porque meu livro, *Filho da aldeia*, que está sendo avaliado pelo júri, é sobre ela. Ah, acabei de lembrar. Estou tão sobrecarregado que esqueci de lhe dar uma cópia."

"Sem problemas. Sobre o que está planejando escrever?"

"Consultei Moza bint Mourad e ela sugeriu uma ideia louca."

"Qual?"

"Visitar a cidade natal dela, La Paz, e escrever sobre ela, em particular porque é a cidade mais alta do mundo. Este lugar é tão longe do mundo árabe que é muito improvável que qualquer um dos outros indicados o considere. Além disso, pelo que Moza disse, La Paz é uma cidade vibrante, com uma multiplicidade de cores, cenas, cheiros e movimento, elementos importantes na escrita. Também é um lugar multiétnico, com um povo caloroso e amigável, o que me motiva para descrevê-lo."

"É uma ideia maluca que vale a pena ser explorada!"

"Sabe o que é estranho nisso tudo?"

"Diga-me."

"Moza me pediu para visitar o túmulo de sua família. Usando um mapa que é mais velho que meu pai e eu, ela descreveu a localização. Você, mais do que ninguém, sabe que não sei ler mapas tradicionais, então decidi confiar no Google Maps. Acho que achei mais ou menos o local."

"Por que você deveria visitar o túmulo?"

"Antes de ir para lá, Moza me fez prometer passar em uma loja próxima de um tal de 'Naranjo' e comprar 188 flores laranja para espalhar em uma sepultura vazia de número 88. Não me pergunte o porquê. O principal é que recusei a aceitar qualquer dinheiro dela."

"Que bizarro!"

"Você sabe o que é ainda mais bizarro?"

"Diga-me."

"Há muito tempo, ela me disse que visitaria La Paz quando eu não tinha a menor intenção de viajar além da Europa. Quando me opus, ela insistiu que eu acabaria indo para lá. E cá estou, falando com você com o telefone em minha mão direita e com a passagem aérea na esquerda."

"Não me assuste mais. Tenho a terrível sensação de que ela se tornará um ser sobrenatural."

"Não se preocupe. Vejo isso como uma nova experiência que pode me inspirar a escrever e, talvez vencer."

"Quais são os critérios para a vitória?"

"Eles anunciarão uma pequena lista com cinco nomes, em seguida atribuirão uma peça de escrita de imagens em que os indicados descrevem uma imagem com temática filosófica e com contagem de palavras específica e limite de tempo definido em um lugar que parece uma sala de exames. Este formato pode ser modificado mais perto da data, pois as coisas ainda não estão totalmente claras, sobretudo porque essa é a primeira rodada. Mas eles prometeram nos enviar mais detalhes o mais rápido possível. A única coisa que me importa neste momento é fazer parte dessa pequena lista, o que, por si só, já é uma grande conquista. Vamos ver o que acontece."

"Você fará parte dessa lista, se Deus quiser. Quando é seu voo?"

"Em dez horas. Estou preocupado caso o aeroporto seja fechado devido ao coronavírus."

"Meus colegas estavam discutindo a mesma coisa na reunião agora há pouco. E se o aeroporto fechar enquanto você estiver lá?"

"Como disse antes, vamos ver o que acontece."

"Ha, ha".

"Você gostaria que lhe trouxesse alguma coisa de La Paz?"

"Nada, obrigado."

"Cuide-se."

Proibição aérea

Depois de uma série de telefonemas durante toda a noite entre o tenente Marzouk e o oficial Moussa, em consulta com Aref (enquanto ele estava no aeroporto) e o bibliotecário da escola da aldeia, eles montaram uma lista que foi apresentada à equipe na manhã seguinte.

FA — Golfo Pérsico.
AY — Levante.
NF — Egito.
AH — Norte da África
AE — Sexo Feminino e Nativos de países que não falam árabe (auxiliado por um tradutor oficial da Divisão de Mídia do comandante-chefe).

Essa lista teve a aprovação do major general Jaber e do coronel Zakaria, que ficaram impressionados com a distribuição geográfica multivisionária, que poderia acelerar a prisão do assassino, assim disseram. Eles agradeceram aos policiais por apresentarem o quinto candidato, uma mulher que, apesar de não ser nativa, representaria as mulheres nativas que não falam árabe (embora a designação tivesse especificado autores árabes do sexo masculino), emitindo uma ordem para Marzouk coordenar, junto com o secretário do major general, as questões de hospedagem. Antes que pudessem mudar de assunto, o major general telefonou para o coronel para informá-los de que uma proibição aérea havia sido imposta.

Nesse ínterim, Marzouk imaginava se seu primo havia pousado na Bolívia ou se estava prestes a fazê-lo, antes que a voz áspera do coronel invadisse seus pensamentos ordenando ao tenente Fadel que organizasse, na primeira oportunidade, uma reunião *on-line* com os escritores.

"Sim, senhor. Acredito que o Zoom seja, hoje, o *software* mais conhecido e eficaz em uso nesses casos."

Abdel Fattah: Falar sobre essas coisas na frente de caras velhos como nós é como discutir ateísmo na frente do Imã de uma mesquita. Ha, ha.

Jaber: Youssef, agora que estamos economizando com a hospedagem dessas pessoas, o dinheiro destinado deveria ser dividido entre nós.

Zakaria: Assim que solucionarmos esse caso, todos vocês receberão um grande bônus.

Moussa: Ore a Deus para que isso aconteça rápido. Eu apoio a sugestão do tenente Fadel sobre usar o Zoom. Eu usei esse aplicativo durante minha viagem à Índia.

Zakaria: Aquela viagem da qual você voltou de mãos vazias.

Moussa: Ha, ha. Não foi por falta de tentativa, senhor.

Jaber: O que você achou desse aplicativo?

Moussa: Para ser honesto, é bom, mas não esperem que a reunião seja ágil. Depende de muitos fatores como a velocidade da internet e a qualidade dela nos computadores de todos os participantes. Isso significa que podemos ter problemas de conexão.

Fadel: Para evitar quaisquer obstáculos, sugiro coordenar com a equipe o preparo de um arquivo contendo um resumo condensado do caso com informações completas que os escritores possam solicitar. Faremos uma versão traduzida com a equipe de relações públicas do escritor que não é árabe. Isso minimizaria o tempo estimado da reunião e extrairia o máximo de benefícios.

Zakaria: Muito bom. Muito bom mesmo. Na verdade, excelente. Esse plano ajudaria a evitar entrar em detalhes irrelevantes, como Moussa algumas vezes tende a fazer.

Moussa: Algumas vezes, mas não sempre, senhor.

Zakaria: Não basta você ter se deixado envolver inutilmente na árvore genealógica do motorista na Índia? Seja como for, o importante é que confio em você, então não há necessidade de se justificar, Moussa. Quanto a você, Youssef, trabalhe com Fadel nessa tarefa.

Youssef: Sim, senhor.

Epidemia e evacuação

Sete dias angustiantes se passaram após essa reunião, durante os quais os níveis de emergência do país subiram gradativamente para 100%, após a descoberta de 900 novos casos de covid-19 em apenas um dia. Essa situação levou todas as equipes da força policial a mobilizar-se para várias missões na tentativa de conter a pandemia, o que ocasionou a paralização de vários casos, incluindo o do corpo no complexo desportivo.

Enquanto desempenhava várias funções, o cérebro de Marzouk estava em um turbilhão de reflexões sobre o caso na aldeia, a pandemia do coronavírus e o destino de seu primo, apesar de este o ter informado que estava esperando por um voo especial para evacuá-lo o mais rápido possível. Ele acrescentou que havia visitado todos os pontos turísticos da Bolívia para montar uma peça descritiva em grande escala.

Pouco antes do amanhecer, enquanto Marzouk lutava contra a insônia, ouviu o toque suave do WhatsApp. Era uma mensagem de Aref dizendo que havia aproveitado o tempo durante o toque de recolher imposto à La Paz logo após sua chegada para completar a redação exigida. Os olhos de Marzouk seriam os primeiros a ver a descrição, depois dos do próprio autor. Antes que ele tivesse a chance de responder, o artigo apareceu diante de seus olhos.

Capital multicolorida

Boa noite, de La Paz.
Passar apenas um dia nos becos que se cruzam nessa cidade é suficiente para inspirar uma obra de arte surrealista retratando uma das cidades mais ricas do mundo em termos de flora e fauna.

"Diversidade biológica", assim é descrito por várias organizações alimentares, ambientais e agrícolas globais.

O que o presente escritor deseja dizer é que La Paz oferece uma riqueza de diversidade — humana, cultural e artística — e uma paisagem urbana impressionante, de tirar o fôlego. É um caldeirão multirracial de pessoas à procura do sustento, ou que estão fugindo de sua dor, são hordas de pessoas que podem sentir fome, mas mantém um sorriso no rosto, todos eles guerreiros intrépidos no campo de batalha da vida.

Este é um lugar onde você encontra...

Pecadores e homens de Deus, comunidades e pessoas de todos os níveis sociais.

Promíscuos e corruptos, feiticeiros e descrentes, linhagens de adoradores.

Aqui você encontrará o único lugar na Terra onde a cor se cruza e se funde para se reinventar em um quadro incomparável e brilhante. Sim, este é o único lugar do mundo onde a cor púrpura se funde com o laranja, em completa harmonia, resultando em uma réplica de tirar o fôlego, em suave perfeição.

Esta é uma cidade onde as cores correm em profusão.

Um lugar onde você encontra parceiros em disputa e pacificadores.

Aqui você encontra lâminas afiadas, brocas, aranhas, pipoqueiros e cartomantes, comerciantes, políticos, insetos, bodes, rituais, mosquitos no rabo de um búfalo, alcaçuz, tráfico, árabes de todos os tipos, expatriados, cristãos, muçulmanos e judeus, malandros, ladrões, gananciosos, celebridades, vivendo e respirando a humanidade e sendo capturadas pela morte...

Aqui você encontra poetas, escritores, macacos pulguentos, os espancadores e os espancados, aqueles que devoram e aqueles que são devorados, predadores e suas presas, piedosos, moderados, amantes da libertinagem, os insanos e os cobradores de impostos.

Aqui você encontra uvas, cânhamo, café, lhamas, mães e pais e espirais.

Varandas, vestíbulos, treliças, grades, telhas, hereges.

Todos eles, sem exceção, estão em um cadinho, em um âmbito, uma comunidade, oferecidos como uma refeição saudável, uma fusão que vale a pena contemplar, com um senso de admiração independentemente do sentimento. Se o coração de alguém for capturado durante o processo, ainda melhor. Mas recomenda-se cautela — a variedade de idioma, cor e etnia pode ser enganosa. Se você tentar interferir, eles se levantarão contra você.

Esta é La Paz.

Esta é uma cidade que não oprime com uma infinidade de bênçãos morais que você sofre em outros lugares — as luzes da rua, os cabos de eletricidade, os cilindros de oxigênio espalhados por todas as ruas como cabines telefônicas em outras cidades devido à necessidade de oxigênio nesta elevada altitude.

Louvado seja Deus, pois não precisei de oxigênio, mas meu desejo por La Paz cresceu, mesmo estando lá.

La Paz abrange e irradia tantas camadas de amor que se você perder tudo de uma só vez, sua paleta vibrante será sua salvação.

Uma câmera de circuito fechado nas instalações de quarentena de Aref

Aref se perguntou quem transformou o círculo em um triângulo. Certamente um círculo era mais adequado para uma vida completa... ombro a ombro, pé ante pé e coração a coração. Decerto era melhor aceitar um ao outro em um círculo do que permitir que as arestas afiadas de um triângulo, tão afiadas que perfuram nossos pensamentos, almas e princípios, nos separem.

Somos circulares? Girando juntos em um círculo de compaixão e empatia, em que começamos com nós mesmos e retornamos para nós mesmos, pois somos todos um só e iguais. Ainda somos assim?

Para ser honesto, deveríamos perguntar se somos circulares. Boas almas que circundam a circunferência... um círculo desprovido de ódio, inveja, esquemas e desilusões. Um círculo para uma pessoa que nunca trairá um irmão apenas porque tem o poder de fazê-lo. Uma pessoa que nunca competirá com um irmão pelo amor de uma mulher, mesmo que ela seja a mulher mais bonita que já existiu. Este círculo é governado por um contrato social único, construído sobre respeito, respeito único e incondicional entre as partes levando a uma comunidade utópica. E, mesmo assim, o contrato se torna um colar circular em torno de nossos pescoços. Ainda somos leais à promessa invisível, sim invisível, mas mais clara para nós do que um nascer do sol vibrante.

Somos circulares, triangulares, quadrados ou esféricos, ou somos apenas planos? Somos superficiais?

A clonagem se tornou a solução definitiva apesar das alegações de que a sociedade possui características únicas? Um aldeão alto e musculoso, nativo de nossa aldeia, é único. Ele é um *self-made man*[13] e se assemelha a um rei até ser devorado por um lobo. O lobo do materialismo, capitalismo, globalização e do tilintar das moedas de ouro.

Por outro lado, não é nosso direito e o direito da geração futura de ser poupada de sentir a grande diferença entre nós e nossos pares nas cidades vizinhas? Todos nós pertencemos a um único país. É possível manter nossas tradições e história consagradas pelo tempo, enquanto esquecemos o hoje e o futuro? É sensato permanecer inalterado e estagnado por duzentos anos ou até que Deus herde o planeta e as pessoas que nele habitam? Quem disse isso? Moza bint Mourad não disse que deveríamos evoluir de forma gradual, de acordo com as normas e valores de nossa sociedade, mas recusamos?

Até pouco tempo atrás, nossos pais não eram tolerantes às mudanças que introduzíamos para facilitar suas vidas? Durante todo o tempo eles se mantiveram firmes e resistiram a algumas dessas mudanças que poderiam minar seus valores. De que adianta um mestrado, um douto-

---

[13] *Self-made man*: é uma frase clássica cunhada em 2 de fevereiro de 1842 por Henry Clay no Senado dos Estados Unidos, para descrever indivíduos cujo sucesso estava dentro dos próprios indivíduos, não com condições externas.

rado ou um *workshop* de gestão se a pessoa não é capaz de ter pensamento crítico e examinar a literatura por trás; ou qual seria a diferença entre humanos e animais se não examinássemos o mundo ao nosso redor?

Aref se viu sozinho no primeiro ângulo do triângulo. No décimo terceiro dia de quarentena obrigatória em um quarto de hotel localizado a uma distância considerável da capital e depois de passar o mesmo período em La Paz aguardando pelo avião de evacuação, ele teve tempo para refletir sobre os acontecimentos. Afinal, o tempo livre é um terreno fértil para ideias e questionamentos.

O tempo de espera prolongado o levou ao tédio, desencadeando mil ideias: ideias sobre o passado, mundanas e sinistras. Ele pensou nas perguntas sem respostas que permeavam sua vida. Ele se lembrou de derrotas dolorosas, o que o levou a rios de lágrimas.

Aref levantou-se, arrastando sua perna como um mamute pré-histórico e viu seu reflexo na janela. Essas ideias tirânicas o fizeram pensar menos em si mesmo e ver as coisas de uma maneira mais clara, que lhe permitiu chamar as coisas por seus verdadeiros nomes. Tudo isso o ajudou a perceber a fonte de falhas e fracassos, assim ele pensava. Ele olhou pela janela, além de seu reflexo fantasmagórico, observando os transeuntes nas ruas, alheios às suas preocupações, seu período de quarentena e até mesmo sua possível morte.

Ele sentiu falta do velho Aref, simples, do Aref descomplicado, do Aref que não se importava se a placa de seu veículo era de dois ou três dígitos. O Aref que ignorava as altas temperaturas e não precisava de óculos de sol Ray Ban. Aquele que se sentava nas poltronas da seção intermediária do estádio, em vez de sentar-se ao lado de seu pai, o emir, no camarote VIP. O Aref que caminhava pelo calçadão sem se importar com o que as pessoas diziam enquanto o sol o alimentava com vitamina D, em vez da artificial vendida em frascos. O Aref que vivia nas sombras, onde quase ninguém o conhecia, em vez daquele que aparecia no noticiário ao lado do pai ou em coquetéis. O Aref que comprava doce de criança sem se importar com o mundo em vez daquele que calculou cada passo que deu, aquele que teve prazer em beber café em vez daquele que calculou seu consumo de cafeína em copos de plástico. O Aref que mantinha sua porta aberta, sem hora marcada, para qualquer um... aquele que não guardava rancor porque as pessoas eram mais ricas, mais espertas ou tinham cargos mais altos, em vez do ganancioso Aref que ficava pedindo mais, mesmo que tivesse um estoque de ouro. O Aref que dormia confortavelmente debaixo da palmeira no jardim de sua casa. O Aref que vestia o traje tradicional de seu pai e avô, não aquele que vestia camiseta da Lacoste, engolido pelo "crocodilo" para manter as aparências.

 Tal era a emaranhada teia de pensamentos que Aref teceu. Em todas as direções, ele viu apenas esse padrão intrincado, incluindo seu reflexo fantasmagórico que o fez querer quebrar o vidro. Talvez o vidro quebrado libertasse o reflexo do seu antigo eu, pronto para ser acolhido. Mas ele se convenceu de que aquele ainda era o novo Aref que conhece a lei, convocando pessoas nas delegacias e exigindo indenizações.

Ele voltou para a cama quando se lembrou de seu primo, que um dia esteve em uma situação similar, aprisionado entre quatro paredes. Hoje, ele estava na mesma situação, incapaz de ver a porta do lado de fora. Ele espiou através do olho mágico trabalhadores alienígenas indo e vindo depois de colocar comida na frente de seu quarto. Ele se sentiu aprisionado como seu primo, preso em um quarto de hotel que parecia uma cela. É certo que era uma prisão de luxo onde podia usar roupas luxuosas, colocar gel no cabelo e se perfumar com 1 Million; mas no final do dia, continuava uma prisão. Foi nesse momento que ele se lembrou dos três ângulos do triângulo. Depois de considerar o primeiro ângulo, que representava seu próprio personagem, seus pensamentos voaram para o segundo ângulo — sua aldeia.

A aldeia que era pintada da cor vermelha, porém tinha cor preta na sequência de eventos. Apesar de estar fechado em quarentena, Aref ainda recebia notícias constantes de sua aldeia, invariavelmente como um jogo de palavras cruzadas constituído por palavras sinistras.

O centro comercial da montanha já estava aberto agora, assim como a Reserva Natural da montanha. Por outro lado, a taxa de mortalidade estava em ascensão, próxima de atingir os números registrados da capital. Pessoas de todas as idades, adultos, idosos e até mesmo crianças estavam morrendo, por razões conhecidas e desconhecidas. Acidentes, pessoas morrendo durante o sono e privadas da oportunidade de dizerem bom dia no dia seguinte. Devido ao aumento da taxa de mortalidade, o emir solicitou que o governo construísse um novo cemitério. Quando Moza bint Mourad descobriu essa nova construção, ela fez um estranho comentário que nem o emir nem o general Jaber conseguiram entender, "Este cemitério não é para as pessoas — é para a identidade morta da aldeia".

Um produtor de uma grande empresa veio com sua equipe para filmar e descobriu, através do Ministério do Meio Ambiente, que as taxas de dióxido de carbono haviam aumentado de forma alarmante. Quanto aos animais, ou o que restou deles, aparentemente fugiram para seus esconderijos no topo da montanha. As criaturas mais ferozes, rindo dos humanos em segredo, abaixo da montanha, eram apenas animais de estimação em comparação ao nível de ganância a que os aldeões haviam descido. Enquanto essas reflexões amargas causavam estragos em sua cabeça, Aref soltou uma gargalhada de pura derrota.

A crescente fama da aldeia no Instagram se refletiu na infâmia dos tribunais civis de divórcio. Pela primeira vez na história da aldeia, a taxa de divórcios disparou para três casos por semana. Os sábios e as mulheres mais velhas não conseguiram reconciliar os cônjuges, o que acabou levando a transferência desses casos para os tribunais.

Muitos dos filhos e filhas da aldeia partiram por motivos relacionados à ganância contínua ao mesmo tempo em que novos produtos sofisticados inundavam os mercados de amenidades da aldeia. Era uma cacofonia de mercadorias transportadas pelo ar, terra ou mar para atender às demandas dos cobiçosos turistas que lotavam a região. No mesmo dia em que a companhia elétrica veio instalar os postes de luz, em nome do desenvolvimento, dois dos aldeões, o barbeiro e o coveiro, morreram de repente, em circunstâncias misteriosas.

Foi nessa época que rumores insinuaram a possibilidade de fechar a cafeteria da aldeia, talvez por motivos econômicos, mas Aref não teve como receber a confirmação em sua remota localidade.

A mente de Aref vagou para o terceiro ângulo do triângulo ou o terceiro desastre, ocupado por Marzouk e sua turma. Aqueles que vieram para a capital ou outras grandes cidades em busca de fortuna ou para deixar sua marca no mundo acabaram voltando para suas aldeias, supostamente para servir suas comunidades e fornecer dinheiro ou beneficiá-las com seu conhecimento. Na realidade, porém, foram arrastados pelas praticidades da vida e pela necessidade de sobrevivência, tornando-se escravos do trabalho em detrimento da saúde física e mental, dos vínculos familiares e relacionamentos.

Investigação na era do coronavírus

Meia hora antes da reunião virtual, o coronel Zakaria, que se descreveu como um novato em tecnologia, ligou para o tenente Marzouk para garantir que todos os preparativos estivessem sob controle. A reunião foi agendada para a primeira semana de negócios após as restrições da Covid-19 caírem pela metade, permitindo, assim, que outros assuntos fossem discutidos e trazendo o caso de volta à mesa, após dois meses de ausência.

Os dois membros da equipe excluídos dessa reunião virtual foram o sargento Abdel Fattah e o cabo Youssef — o primeiro por ser "analfabeto" técnico; o segundo porque tinha sido transferido para outro departamento com o intuito de apoiar os esforços da linha de frente no combate à pandemia. O general Jaber, que foi o primeiro a ter a ideia da reunião, também estava presente, ou, pelo menos, desempenhou o papel de porta-voz.

A equipe de romancistas também se preparava, embora faltassem dois jogadores. F. A., representante do Golfo pérsico, informou no último minuto que não poderia comparecer. E uma tal de A. E., representante dos países que não falam árabe e as mulheres, que morreu de complicações da Covid-19 após uma longa batalha contra o vírus, asma e uma imunidade comprometida.

Em comentários brevemente compartilhados com o tenente Marzouk, o coronel Zakaria reclamou do tempo perdido com o arquivo traduzido enviado à falecida, como se precisassem de mais aborrecimentos. Apesar desses contratempos, o coronel não teve alternativa senão iniciar a reunião e tentar extrair o máximo proveito dela.

A reunião começou na plataforma Zoom com uma troca de cumprimentos entre todos os participantes, incluindo o oficial Moussa, que foi indicado pelo departamento técnico para conduzir essa reunião devido à sua experiência anterior e à nova abordagem sobre o assunto. N. F., o representante egípcio, estava enfrentando um problema técnico de som, mas foi auxiliado por Marzouk e Moussa, que usaram a linguagem dos sinais para explicar como resolvê-lo. Quando tudo estava em ordem, todos estavam prontos para a pergunta central da reunião:

"Se os acontecimentos deste caso fizessem parte de seu romance, quem seria o assassino?"

N. F.: Agradeço essa recepção calorosa bem como essa ideia inovadora que eu mesmo poderia usar em um de meus futuros romances.

Jaber: (*Rindo*) De acordo, desde que você participe da captura do criminoso.

N. F.: Ha, ha, se Deus quiser. A propósito, fiquei muito impressionado com o arquivo abrangente que me foi enviado pelo tenente Fadel. Obrigado.

Zakaria: O palco é seu, Sr. Romancista!

N. F.: Com base nas ricas informações deste arquivo, gastei muito tempo e esforço com as intermináveis horas preso dentro de casa devido à pandemia para, epicamente, revisar e dissecar as circunstâncias intrigantes — tudo dentro do meu papel de romancista, claro.

Marzouk: Esse é o tipo de perspectiva de que precisamos. Lidar com segurança é o nosso negócio.

N. F.: Não sei se deveria dizer isso, mas o melhor final para essa história, supondo que seja um romance, é um final aberto.

Fadel: Como assim?

N. F.: Bem, o leitor chega ao fim do livro, e os acontecimentos neste ponto ainda não estão claros. O assassino permanece desconhecido, e o leitor fica com todo o tipo de pergunta. Novamente, não sei se isso seria bom ou não.

Moussa: Odeio esses tipos de romance, sem ofensas.

Jaber: Isso não é um clube de leitura, Moussa.

Moussa: Desculpe-me senhor.

N. F.: (*Rindo*) Tudo bem. Deixe-o expressar sua opinião.

A. Y. (*Representante do Levante*): Meu colega se superou, mas romancista é romancista.

A. H. (*Representante marroquino*): Lembre-se que esses finais abertos têm uma base de fãs significativa no mundo árabe.

N. F.: (*Rindo*) Bom dia a todos, e obrigado. Depois de muito esforço, é tudo que consegui fazer, se valer de alguma coisa.

Moussa: Vamos passar para o Sr. A. Y.

A. Y.: Para evitar perder tempo, vou usar algumas anotações que fiz em um pedaço de papel. Desculpe-me se não sei bem as patentes policiais.

Zakaria: Não se preocupe.

A.Y.: Do meu ponto de vista, o perpetrador é um psiquiatra que também é um *serial killer*.

Obeidan o visita em seu consultório na capital após algumas crises conjugais. Durante conversas, menciona a seu psiquiatra a esmeralda que havia herdado, que valeria milhões se fosse leiloada. Ele revela tê-la guardado em sua casa da montanha. O psiquiatra fica lá sentado, ouvindo tudo e tramando em segredo um plano maligno. Acaba por convence o paciente de que deveria visitá-lo em sua casa para avaliar o impacto psicológico sobre ele. O paciente concorda com a sugestão sem hesitar. Quando o médico chega à casa de Obeidan, sugere mudar a posição de sua cama e a cor dos pratos em que come, junto com a psicobalbúrdia semelhante extraída de estudos falsos. Na verdade, o médico estava mapeando a casa cuidadosamente e estudando a geografia da aldeia. Cronometrando seus movimentos de acordo com a visita habitual de Obeidan à mesquita, o médico entra furtivamente em sua casa, armado com as ferramentas e precauções necessárias para cometer o crime. Ele ameaça matar a esposa caso ela não entregue a esmeralda. Como ela é a única testemunha do crime, ele a mata e dissolve seu corpo em ácido fluorídrico, devido às limitações do tempo. Com a maior discrição, joga os restos mortais dela no poço ali perto e foge antes que a congregação deixe a mesquita.

 Anos depois, durante uma viagem de Obeidan a um país desconhecido, ele encontra a esmeralda roubada em um leilão. Como dois mais dois são quatro, ele percebe que foi o psiquiatra quem a roubou e voltou correndo para casa a fim de confrontá-lo. Durante esse confronto, o psiquiatra atrai Obeidan para algum local remoto e acaba com ele da mesma forma que fez com sua esposa, completando o trabalho com o ácido, em uma tentativa diabólica de frustrar a equipe investigativa, cuja mente sagaz ele conhecia mais do que qualquer um, devido à sua condição de consultor ocasional em tais casos. Tendo se familiarizado com todos os detalhes do *layout* e da estrutura social da aldeia, ele se organiza para estar fisicamente presente no dia daquela infame partida, em sincronia com a ambulância estacionada no estádio antes da chegada da equipe médica oficial. Vestido com um jaleco branco, ele se mistura no meio das pessoas e, carregando sua maleta preta de médico, dirige-se à multidão de fãs para tirar fotos da cena e bater um papo agradável. Notando que eles estavam ocupados desenrolando e colando cartazes, ele tira os restos do corpo de sua maleta e realiza sua façanha. No banheiro masculino, ele troca de roupa e muda sua aparência, parecendo um torcedor de futebol comum.

Quando a notícia do cadáver do estádio estoura, ele percebe que seu plano havia conseguido confundir a polícia, como se os tivesse transportado gratuitamente para um gigante labirinto. Mais tarde, descobre que a equipe investigativa encarregada do caso estava trabalhando com unhas e dentes para solucionar o caso, estimulando-o a recorrer a sua experiência e transformar todo seu conhecimento em uma força diabólica. Levando as coisas um passo adiante, ele decide mergulhar a polícia em um buraco negro de turbulência e confusão ao ter a ideia jogar os restos mortais cobertos por ácido no mesmo poço que suas vítimas anteriores.

Moussa: Fiquei tão absorto nesta história que quase esqueci do caso atual.

A.Y.: Em sua narrativa, existem vários fatores psicológicos e de personalidade, bem como detalhes importantes de apoio, que eu normalmente cobriria se estivesse trabalhando em um romance, mas queria ser breve.

Jaber: Você nos ajudou além das minhas expectativas.

A.Y.: Ir pessoalmente até o país de vocês teria sido mais útil.

Jaber: Juro que essa era a intenção original. Recebemos um orçamento para hospedá-los como convidados de honra, mas, como sabe, a palavra final foi a do vírus.

A.Y.: Uma pena para nós dois, coronel.

Fadel: Você quis dizer, general.

A.Y.: Oh, por favor, desculpe-me por esse erro. Eu disse que não estou familiarizado com as patentes policiais.

Jaber: Não tem problema. Por favor, continue.

A.Y.: Perdoe-me por esta ousada previsão, que pertence tão somente ao reino da imaginação, mas se eu estivesse escrevendo essa história, infelizmente a próxima vítima seria um membro da sua equipe.

Moussa: Deus nos livre.

Zakaria: Deixe-o continuar. Estamos em maus lençóis com essas novidades. Como você pode pedir a um escritor sua perspectiva e depois censurá-lo?

Marzouk: Verdade. A perspectiva desse escritor pode servir para nos proteger pois o assassino pode ter essa intenção.

Fadel: O verdadeiro assassino pode ser semelhante ao descrito em sua interpretação.

Moussa: Mas por que um *serial killer* teria como alvo um dos nossos?

A.Y.: Porque, sem que ninguém desconfie devido à sua excelente reputação como médico, ele está acompanhando esse caso muito de perto pelos jornais, mídias sociais e também por meio de seus contatos médicos em círculos militares e amigos conectados com a investigação. Através do vazamento de informações, ele soube que havia um indivíduo inteligente na equipe policial, com talento para pensar fora da caixa no decorrer da investigação, e então ficou preocupado. Sendo desprovido de qualquer consciência, ele decidiu cortar o mal pela raiz, matando essa pessoa a sangue frio. Ele conseguiu seu número de telefone e ligou para ela fingindo que um de seus pacientes, que estava à beira da morte, fervorosamente chamava pelo nome desse oficial exigindo vê-lo e...

Jaber: (*Interrompendo*) Entendemos a mensagem, obrigado, foi muito útil. Mas não há necessidade de nos dar os detalhes sangrentos.

A.Y.: (*Envergonhado*) Claro.

Moussa: Passemos para o norte da África.

Nesse momento, a conexão do Zoom expirou, então Moussa enviou um novo *link* via WhatsApp para todos, e a reunião foi retomada.

A.H. (*Representante do norte da África*): Muito obrigado. Falando como um romancista e baseado nas informações fornecidas, gostaria de garantir que se o assassino fosse um personagem de um livro meu, sua identidade seria uma grande surpresa. Cavalheiros, enquanto essa reunião estava em andamento, as proposições apresentadas por meus estimados colegas, A. Y. e N. F., provocaram uma torrente de ideias que inundou meu cérebro, o que me leva a fazer um pedido estranho, até mesmo difícil.

Fadel: Primeiro nos diga quem é o misterioso assassino.

A.H.: Meu pedido está diretamente relacionado a esse ponto. Para organizar meus pensamentos, peço que me dê um período de carência de 24 horas. Prometo a vocês uma resposta 70% precisa. Para não incomodar o resto da equipe, gostaria de ter 15 minutos do seu precioso tempo, general.

Moussa: Você não pode nos dar um resumo por enquanto?

A.H.: Não posso fazer isso, pois estou começando a ver as coisas de uma perspectiva totalmente diferente.

Zakaria: Cabe ao general decidir.

Jaber: Sem problema. Moussa, você e os outros participantes poderiam sair da reunião para que eu possa conversar a sós com o Sr. A. H? Meus agradecimentos a todos vocês. Moussa, seja gentil e prepare Certificados de Apreciação assinados pelo comandante em chefe e envie-os para todos os nossos gentis participantes por *e-mail*. Nós gostaríamos de tê-los recebido pessoalmente, mas as circunstâncias ditaram o contrário.

Moussa: Como desejar, senhor.

Na tentativa de fazer com que todos saíssem da sala de reunião do Zoom, Moussa obteve êxito, porém ele mesmo não conseguiu sair da reunião por algum motivo. Então Jaber deu-lhe permissão para permanecer.

Assim que a reunião do trio terminou, Marzouk, que estava ansioso para saber o que foi dito, enviou uma mensagem de WhatsApp para o número pessoal de Moussa para saber os detalhes. Conhecendo o jeito conservador de seu pai, Marzouk evitou perguntar diretamente a ele. Para sua decepção, Moussa mostrou-se tão relutante em divulgar qualquer informação quanto o general Jaber. A única coisa que descobriu foi o alerta do escritor marroquino de que o assassino estava mais próximo da equipe do que eles poderiam imaginar.

A pequena lista

De acordo com o que muitos sábios dizem, a felicidade é incompleta a menos que seja compartilhada com os entes queridos. Assim que recebeu um *e-mail* informando de que havia sido selecionado, a alegria de Aref não teve limites. Até então, o fato de ser incluído na lista de indicados parecia em si só uma conquista; hoje, ele vivenciou um sentimento semelhante à ganância em seu desejo agonizante de ser o vencedor.

Ele desejava compartilhar sua felicidade com seu primo e alma gêmea, porém não seria possível.

Não, não é um erro de impressão.
Ele não fez isso, nem nunca faria.

O tenente no abismo

"Foi o dia mais maléfico que o sol já testemunhou." Aref não achou palavras mais adequadas para descrever aquele dia fatídico.

A descrição acima pode ser adequada, entretanto nunca poderia transmitir por completo o verdadeiro horror dos acontecimentos.

A aldeia acordou com a notícia devastadora de que o corpo do tenente Marzouk foi encontrado no fundo do poço, conforme o comboio policial que patrulhava a área ao redor do Hotel dos Ursos havia transmitido.

Como nenhum ácido foi encontrado no corpo, as evidências indicavam que foi um caso de suicídio.

Deitado em uma área crepuscular no hospital, a mente de Aref vagava entre realidade e imaginação, fato e ilusão. Ele lembrou que, um pouco antes de desmaiar, ocorreu-lhe que a única estrutura terrestre que era visível da Lua, era o imenso cartaz pendurado em um lado da montanha, entre o poço e a casa de Moza bint Mourad.

De longe, o cartaz, recém-impresso, lembrava o tipo de grafite feito por torcedores de futebol.

Foi feito por profissionais e impresso em alta qualidade.

Claramente tinha sido afixado durante a noite.

O cartaz consistia em uma carta com várias páginas, ampliada de maneira que podia ser lida de qualquer ponto do povoado.

Cercado por andaimes por todos os lados, o cartaz tinha uma estranha semelhança com um conjunto de notas de aulas de bioquímica.

O andaime estava todo coberto de ferrugem, como se pertencesse a uma época antiga, dando a impressão de que nenhum pé humano jamais havia subido por ele.

As palavras no cartaz estavam escritas com letras árabes em negrito, com uma foto de Marzouk em um canto. Continha o título "O bilhete de suicídio" e terminava com a assinatura de Marzouk.

O bilhete de suicídio

Sou o tenente Marzouk e esta é minha foto. No momento, estou no fundo do poço.

Alguém (ele sabe quem é) me ensinou os rudimentos da escrita. Neste bilhete, vou aplicar alguns desses princípios básicos e ignorar outros.

A injustiça é quase tão antiga quanto os Céus e a Terra. Minha história também é, de certo modo, antiga.

Comecemos a história...

Era uma vez... quem dera que nunca tivesse acontecido...

Havia uma criança de sete anos que vivia em uma aldeia pacífica, chamada apenas de "A aldeia".

Todos vocês sabem disso, não é? Então, não há por que mencionar seu nome.

Talvez vocês não saibam que estou escrevendo isto para vocês e para as gerações que virão após minha morte.

Voltemos à aldeia e à criança.

Diziam que era uma criança brilhante, muito sociável e intelectualmente avançada para sua idade.

A criança era um menino.

Ele tinha um pássaro de estimação, um pássaro do paraíso, que o primo de sua mãe, que morava na cidade, lhe dera de presente.

Ele chamava o pássaro de "Mountain Peak" e seu coração se encheu de amor por essa criatura.

Sete meses depois, enquanto o menino trocava sua água, o pássaro escapou de sua gaiola e nunca mais voltou. A criança ficou de coração partido, como se tivesse perdido um ente querido, como se tivesse levado uma facada no estômago.

Com base no conteúdo das séries de televisão de hoje em dia, que moldam a maneira de pensar dos telespectadores, você pode supor que os pais do menino zombaram de sua dor pelo pássaro perdido.

Pelo contrário, sentiram muita pena dele e saíram em busca do pássaro, junto com seus vizinhos. Contudo, "Mountain Peak", aparentemente, era muito teimoso, pois não sentia saudades de casa nem retornava.

Não muito jovem para deixar para trás o trauma de perder seu animal de estimação, o garoto começou a ter pesadelos. Em um desses pesadelos, ele viu o pássaro perto do poço, que era perto de sua casa, com as presas ensanguentadas enquanto fazia ninho em cima de alguns ovos pretos.

Em pânico, a criança acordou chorando. Ele sabia muito bem que era meia-noite, a hora mais escura da noite, quando, como os adultos sempre o alertavam, gênios, feras selvagens e todos os tipos de horrores espreitavam.

Assim como o resto dos aldeões, o menino dormia cedo, portanto não sabia quase nada sobre como a aldeia era na calada da noite. Meio acordado, nunca tinha visto sua face noturna que escondia tanta feiura.

Apesar dos avisos e das imagens assustadoras, o menino saiu sorrateiramente noite adentro (que bobagem fez!) enquanto seus pais se encontravam nos estágios mais profundos do sono.

Ao aproximar-se do poço, resolveu se esconder atrás de um barril com o qual, durante o dia, os mais jovens brincavam. Às vezes, até se banhavam no estranho líquido dentro do barril, que continha água, areia e urina de criaturas noturnas.

Por que ele resolveu se esconder? Ele teve um vislumbre de seu pássaro com as mesmas presas que tinha visto em seu pesadelo?

Claro que não. Mas as presas que encontraram seu olhar horrorizado pertenciam a uma forma humana; era Obeidan, seu vizinho.

A essa altura, ele não sabia que estava testemunhando a etapa final de um "crime perfeito": esconder o corpo sem resistência da vítima, que o menino, astuto que era, deduziu ter sido assassinado antes.

Usando apenas uma lanterna, o homem estava tirando vantagem do fato de que toda a vila estava morta para o mundo enquanto dormiam na feliz ignorância de seu horrível crime.

De longe, o menino observou Obeidan atirar o corpo dentro do poço e dissolvê-lo. Mas nem a distância nem a penumbra lhe permitiam distinguir os detalhes do que estava acontecendo. Foi só depois que a notícia estourou que o garoto percebeu que o corpo, na verdade, pertencia à esposa de seu vizinho. E foi apenas anos mais tarde que teve conhecimento do ácido fluorídrico.

E então o impensável aconteceu.

Enquanto ele se encolheu atrás do barril, os joelhinhos da criança aterrorizada bateram contra ele, fazendo com que a água de dentro dele espirrasse, alertando Obeidan para o som. Rápido como uma cobra, disparou em direção ao menino, que ficou paralisado no chão em puro terror. Apontando a lanterna para o rosto do menino, o perverso criminoso conseguiu identificá-lo. Para evitar bater na criança e deixar uma marca reveladora em seu corpo, Obeidan o ameaçou com as seguintes palavras:

"O que você está fazendo aqui, menino mau? Eu tenho aqui comigo um gênio que tudo vê, mas só eu consigo vê-lo. Foi ele quem devorou seu pássaro. (Obeidan sabia tudo sobre o incidente, pois havia participado do grupo de busca do pássaro junto com o resto dos vizinhos.) Este gênio matou aquela mulher e ameaçou que me faria desaparecer, a menos que eu me livrasse do corpo dela. Agora ele está dizendo que vai aniquilá-lo, como fez com seu pássaro, se você disser uma palavra sobre o que viu esta noite. Então, por que você simplesmente não apaga todo esse episódio da sua cabeça, como se tivesse sido um pesadelo? Eu o levarei de volta para sua casa e depois irei para a minha. Você acordará amanhã e será um dia normal, como todos os outros".

Tremendo como uma vara verde, o garoto não respondeu.

Contudo, desde aquela noite fatídica, ele nunca mais voltou ao normal.

Sonhos ruins, cheios de assassinatos e ocultações perseguiram o garoto como uma manada de touros selvagens. Mesmo durante o cochilo, as imagens de afogamento e dissolução nunca desapareceram, arrancando-o do sono e fazendo-o gritar de medo.

Ele ficou traumatizado, especialmente porque sua comunidade criou crianças para olhar para o vizinho como se fosse um nobre herói que arriscaria sua vida para protegê-las. Em vez dessa figura benevolente, porém, a criança foi confrontada com a imagem de um perverso assassino que não apenas fez amizade com um gênio, mas que também ameaçou uma criança inocente.

O menino perdeu toda a confiança nas pessoas. Ele odiava a noite, os vizinhos e até mesmo os pássaros voando em sua casa. Histórias sobre gênios eram, de modo especial, repugnantes para ele. Se não fosse pelo cuidado amoroso de seus pais e de seu primo querido, ele teria odiado toda a humanidade. Capaz de se relacionar apenas com seu primo, o menino tentou atraí-lo para a mesma concha em que estava escondido, ao invés de fazer um esforço para sair dela. Com o tempo, graças ao efeito protetor desses membros familiares, ele conseguiu se envolver, até certo ponto, com elementos da vida pública.

De uma criança talentosa e sociável, o menino tornou-se uma sombra de si mesmo, retraído e confinado em casa. Toda a aldeia concordou que o menino tinha sido vítima de "mau-olhado", uma visão que continha alguma verdade.

As notícias sobre o desaparecimento da esposa de Obeidan e o boato de que os gênios a mataram confirmaram ao menino o que seu vizinho sinistro lhe contou naquela noite terrível. A parte relativa ao papel do gênio no assassinato o manteve acordado à noite enquanto lutava para entender o incidente. Embora estivesse convencido de que o gênio era o verdadeiro assassino, ele não conseguiu se livrar da sensação de que Obeidan era o culpado de esconder o corpo e depois jogá-lo no poço, mesmo que estivesse agindo sob ameaça. No entanto, quando soube que Obeidan tinha perdido suas faculdades mentais, começou a dar desculpas para ele. Os pesadelos que costumavam assustá-lo, pouco a pouco, diminuíram. Seu estado mental, melhorado posteriormente, o qualificou para se destacar rumo a uma carreira acadêmica de sucesso, apesar dos obstáculos que enfrentara durante sua experiência de estudos no exterior. Se vocês ou Aref, a pessoa que mais amo depois de meus pais e irmã, quiserem que eu descreva esses obstáculos em detalhes, ficarei feliz em atender.

 Os anos, bons e ruins, se passaram, e o garoto foi estudar Criminologia. Depois de se formar, tornou-se policial. Enquanto trabalhava em um caso envolvendo um crime que se passou em um hotel da capital da cidade, verificou as câmeras de segurança e viu algo sem relação ao caso, mas diretamente associado à sua própria vida. Era Obeidan. O estranho era que ele estava sentado no café do saguão do hotel, feliz, rindo, na companhia de outra pessoa (que mais tarde soube-se que era seu irmão) sem demonstrar os sinais de loucura que costumava exibir em suas visitas semanais à aldeia. Pelo contrário, seu comportamento, no geral, parecia normalíssimo.

Sem revelar sua surpresa aos seus colegas, continuou a examinar as fitas. Após conduzir uma discreta investigação, descobriu que os irmãos tinham o hábito de ir a esse lugar às sextas-feiras e sábados. Sua intuição investigativa lhe dizia que a escolha do local não era, de forma alguma, aleatória. Era apenas um hotel 2 estrelas, pouco conhecido, raramente frequentado pelas pessoas de sua terra natal, pois era popular entre os hóspedes de uma certa parte da Europa. Além disso, esse hotel parecia ser uma boa escolha para Obeidan fazer uma pausa no papel de louco, após a meia-noite, quando havia poucos clientes. A princípio, todos os dados pareciam indicar que ele era um ator experiente. Mas para que serviria toda aquela atuação? Ele estava determinado a descobrir.

Aproveitando o mandado de busca e agindo por iniciativa própria, pelas costas de seu superior hierárquico e com a colaboração da gerência do hotel, ele instalou um equipamento de gravação dentro de um vaso colocado perto da mesa em que os dois irmãos costumavam sentar-se. Mais tarde, quando ouviu as gravações do próximo encontro, suas suspeitas se confirmaram. Pela conversa, era claro que Obeidan era perfeitamente são. Os irmãos estavam conversando e contando piadas sobre mulheres, viagens e dinheiro, mas sem revelar detalhes de natureza séria.

O dispositivo de gravação permaneceu no local por um período de nove semanas. Foi apenas depois de 18 fitas de vigilância que as seguintes informações foram reveladas:

A preferência de Obeidan por manter uma estrutura esquelética era falsa, por algum motivo desconhecido. Na verdade, as gravações confirmaram que ele adorava comida e não se importava nem um pouco em engordar.

Ele estava tentando criar a imagem de um homem enlutado e louco cuja saúde foi prejudicada por sua tragédia pessoal.

Ficou claro que o objetivo de suas viagens ao exterior era turismo e não tratamento médico, para reforçar a ideia de que Obeidan era louco.

Obeidan construiu uma trama intrincada para convencer as pessoas de que era louco. A escolha do local onde o corpo foi despejado, seu corpo debilitado, as visitas semanais ao poço, os gritos e o suposto tratamento médico no exterior confirmaram essa dedução. Mas por que todo esse fingimento? Ele deve ter matado sua esposa. Mas por qual motivo? Qual é o elo perdido (ou elos)?

As informações fornecidas pelo dispositivo de gravação indicavam apenas os contornos do esquema, possivelmente abrindo caminho para a resolução do caso, apesar da aparente normalidade dos assuntos discutidos pelos irmãos. Entediando-se com a futilidade de ouvir horas de conversas irrelevantes, o policial experenciou um momento crucial em que todas as feridas psicológicas infligidas por Obeidan cresceram e explodiram em seu interior. Ele decidiu confrontá-lo. Na sexta-feira seguinte, movido pelas forças combinadas de raiva, ressentimento, ódio e infância perdida, ele se lançou, sem máscara e vestido à paisana, sobre os dois irmãos no hotel. Obeidan ficou mudo com essa visita chocante. Sem dar-lhe chance de reagir, o policial ordenou que ficassem em silêncio para evitar uma cena. Então, ele confrontou Obeidan com a versão editada das fitas de vigilância.

"Diga-me toda a verdade para que eu possa oferecer cobertura. Para sua informação, se mentir para mim, vai acabar em maus lençóis. Você conhece minha influência na capital, em especial depois de meu último êxito. Esta reunião é sua última chance. Diga-me o que aconteceu. Se você me der cinquenta mil libras (Marzouk sabia muito bem que Obeidan tinha muito mais dinheiro, mas sua intenção era dar autenticidade ao negócio), eu o protegerei. Porém, se você não me der o dinheiro, ou me contar apenas parte da história, então irei ordenar uma proibição de viagem com apenas um telefonema (na verdade, tal procedimento não era tão simples). Nem pense em escapar de mim, eu vou te pegar mais cedo ou mais tarde. Não se atreva, você ou seu irmão (Mansour tremia como uma vara verde), a fazer alguma besteira. O hotel está completamente cercado pelos meus colegas policiais prontos para entrar (na verdade, ninguém estava cercando o hotel — ele apenas queria colocar medo neles)."

Obeidan desabou igual a um castelo de cartas e entregou toda a história.

Em uma demonstração de coragem, Obeidan casou-se com uma mulher da cidade rica que estava com câncer em estado terminal.

Tinha sido ideia de Mansour agarrar essa mulher, que era sua vizinha, no intuito de herdar seu dinheiro quando ela morresse da doença. Ele acrescentou que quando era criança, Mansour havia se mudado da aldeia com sua família, onde acabou se casando. Como ele já tinha uma esposa, pensou em Obeidan como um candidato adequado para se casar com essa "galinha dos ovos de ouro", e o alertou para não ter filhos com ela para evitar complicações.

    Por um estranho milagre e para sua grande decepção, a esposa superou todas as expectativas e venceu a doença. Frustrado por esse desdobramento inesperado, Mansour traçou uma trama diabólica para que Obeidan se livrasse de sua esposa e fingisse enlouquecer com a tristeza causada pelo luto após seu assassinato. Para reforçar a aparência de que estava louco, Mansour instruiu seu irmão a perder muito peso e fazer as visitas semanais para "gritar" no local do assassinato. Além disso, ele obteve um atestado médico de um psiquiatra recém-formado, caso fosse necessário uma prova por escrito da insanidade de seu irmão. Este atestado foi útil para reivindicar benefícios de deficiência mental do governo e efetivar a procuração feita a Mansour.

    Para convencer as pessoas de sua loucura, Obeidan não desapareceu da aldeia por completo, aparecendo de vez em quando na sua casa e na mesquita.

    Após um intervalo relativamente longo, Obeidan pôs as mãos na herança de sua falecida esposa, metade da qual foi para seu irmão, conforme um acordo verbal, uma vez que a ideia fora dele. Pela lei, todo o dinheiro estava sob o controle de Mansour, já que ele possuía a procuração. Quanto a Obeidan, a cidade era um lugar conveniente para se estabelecer uma vez que era distante da aldeia e para supervisionar seu próspero empreendimento comercial, graças aos milhões da mulher morta. Suas viagens para o exterior para destinos não visados pelos turistas do Golfo, supostamente por motivos médicos, eram na verdade, para fins comerciais.

Embora Mansour parecesse administrar o negócio sozinho, era Obeidan quem administrava certas transações que exigiam que ele não estivesse presente.

Os lucros desse vigoroso comércio eram divididos entre duas contas, para cobrir quaisquer contingências, inclusive se um dos irmãos fosse exposto ou morresse. Em todos os casos, a procuração era uma boa cobertura, ou assim pensavam. No final das contas, o destino tinha um plano diferente ao expor os irmãos.

Ao terminar sua história, Obeidan fez um cheque para Marzouk. Este último, continuando a desempenhar o papel de policial corrupto, alertou-o sobre as terríveis consequências se o cheque fosse devolvido. Obeidan jurou que o cheque tinha fundo, então disse a Marzouk, usando quase as mesmas palavras que proferira há muito tempo quando ele era criança, naquela noite fatídica: "Apague esse episódio inteiro de sua mente e continue vivendo sua vida como sempre".

Para fechar o acordo, eles bateram os cotovelos para cumprir as diretrizes de segurança da Covid-19 em vigor.

Contudo, a pessoa que escreve este bilhete (que, provavelmente, já estará morta quando for lido) passou noites sem dormir, pensando que a justiça não havia sido feita.

Mas a confissão não é a prova definitiva?

Por precaução, o policial registrou a confissão em sigilo. Dito isso, havia a chance de ela ser considerada feita sob coerção, o que significava que Obeidan poderia se retratar.

Alternativamente, um juiz poderia não aceitar a confissão, uma vez que foi feita de maneira informal. Todas essas possíveis consequências podiam trazer problemas para o policial.

Supondo que a confissão fosse aceita, poderia acabar com uma sentença de morte (o que era improvável) pelos crimes de matar sua esposa e destruir a infância do menino? O cenário mais provável seria uma sentença de prisão, após a qual o perpetrador seria libertado e simplesmente retomaria suas atividades nefastas, vivendo do rendimento de seu horrível crime.

Tomado pela raiva, o policial decidiu fazer justiça com as próprias mãos.

Estamos vivendo em uma selva?

Façam a si mesmos essa pergunta, todos vocês que vivem na aldeia. Ela não foi transformada em um tipo de selva, em que o materialismo engole todos os valores tradicionais? Os fortes devoram os fracos ou pelo menos os fortes ganham poder e riqueza enquanto os pobres estão sempre no final da fila.

Eu costumava fazer parte desta aldeia, depois me tornei parte da selva que ela se tornou. Então por que não devo aplicar a lei da selva? Que não haja debate entre vocês depois que a ação for tomada.

Mas estou misturando os pronomes aqui. De qualquer forma, de que serve o uso dos pronomes para alguém que está caminhando em direção à sua própria morte?

Dizem que a pessoa que enfrenta a morte adquire uma sensação de desilusão com a vida, o que se aplica a mim. Este planeta, sob o qual as pessoas lutam tão amargamente, me parece um mero jogo em miniatura vendido em uma loja de brinquedos.

Horas de hesitação me levaram a um momento decisivo em que decidi me vingar. Pagaria dois crimes com pelo menos um. Errei? Talvez.

Mais tarde, revisando o arquivo do assassinato de sua esposa, na sede da polícia, entendi como o criminoso conseguiu dissolver o corpo. Também fiz várias visitas à casa abandonada de Obeidan e deduzi que ele não havia coberto seus rastros tão bem dentro dela. Depois disso, secretamente arrumei um pouco de ácido de uma refinaria de petróleo, comprado com uma grande soma de dinheiro.

Na calada da noite, entrei furtivamente na casa de Obeidan e o sufoquei enquanto dormia. Quando me inclinei sobre ele, parecia que todos aqueles que sofreram injustiças neste mundo se uniram para estrangulá-lo. Cedendo a um desejo bizarro pelo macabro, copiei a maneira como havia se livrado do corpo de sua esposa, derramando ácido sobre ele e colocando-o em um saco.

Removi todos os vestígios do crime de forma profissional. Por que não?

Não estudei criminologia? Não me destaquei em meus estudos?

Já não lidei com o mais perigoso dos criminosos?

Já não testemunhei milhares de casos?

Não seria vergonhoso da minha parte ignorar detalhes como limpar a área de qualquer evidência criminosa?

Mais tarde, a caminho de jogar o corpo no poço enquanto as pessoas oravam na mesquita, passei pelo complexo desportivo. De repente, um pensamento maluco passou pela minha cabeça e decidi agir.

Como não havia pensado nisso antes?

Não passei pelo mais diabólico dos crimes durante a minha carreira?

Não teria deparado com vários estudos de caso envolvendo os estratagemas mais retorcidos que só poderiam ser encontrados em romances de ficção policial e pesadelos?

Uma partida de futebol estava marcada para o dia seguinte, que por acaso, era uma segunda-feira, uma coincidência que só aumentaria o mistério que cercava o crime. Também fiquei sabendo do grafite e do jogador de número "89", detalhes que serviram para amarrar ainda mais a trama, ou assim achei em meu cérebro intoxicado.

Eu fui para casa e escondi o saco na geladeira. Fiquei lá com a porta trancada, saindo apenas para ir à mesquita fazer minhas orações.

Um novo dia amanheceu, mas eu só conseguia ver a escuridão, pois havia passado uma noite sem dormir. Afinal, eu havia tirado a vida de um ser humano algumas horas antes.

Levando a mala com o corpo para mais uma jornada, dirigi até a delegacia de polícia local, onde estacionei meu carro e entrei em uma viatura. Entrei no estádio poucas horas antes do jogo começar, e o guarda levantou a barreira de metal e me deixou passar. Dirigi-me em direção ao portão designado para seguranças e repórteres e estacionei próximo ao autódromo olímpico. Planejei com cuidado meu tempo, chegando logo após meus dois colegas, Feisal e Ismail, encarregados da segurança do estádio, pois chegar antes deles levantaria suspeitas. Como eu tinha o hábito de ajudar a polícia local, era perfeitamente natural que eu aparecesse e oferecesse meu apoio.

Vestindo roupas civis, mas com minha identidade no bolso da camisa, juntei-me aos meus colegas para cumprimentá-los e iniciar uma conversa agradável. A chegada de uma caixa marcada em letras verdes "Acessórios de reserva dos fãs" no portão de segurança despertou uma ideia maluca em minha cabeça. Originalmente eu pretendia esconder o saco com um pano, o que era um plano bastante arriscado.

Em vez disso, fui até o carro, olhei em volta, embora o estádio não estivesse equipado com câmeras de segurança. Retirei o saco, junto com alguns adesivos da polícia que achei na porta do passageiro e colei nele, depois o coloquei de volta no carro. Eu estava acima de qualquer suspeita, não estava? Sim, já que minha reputação era maior que qualquer acusação. O comandante em chefe me deu um prêmio por levar os piores criminosos à justiça. Como meu histórico acadêmico e profissional brilhavam mais do que sol do meio-dia, a ideia de eu cometer um crime na calada da noite era absurda.

Contudo...

Por favor sublinhe a palavra acima.

Meus anos de experiência com a dura realidade do mundo do crime me ensinaram que cautela é a regra de ouro e aqueles que confiam cegamente nos outros são tolos.

Subi para a fileira mais alta da primeira classe (somente um policial fazendo uma checagem de rotina antes da partida faz isso, o que faz sentido, não é mesmo?), então mirei na seção reservada para os VIPs, balançando a cabeça satisfeito com as medidas de segurança. Agindo com naturalidade, fui até a seção intermediária e cumprimentei os torcedores, que se levantaram por respeito e não por medo devido às minhas credenciais. Dois dos três torcedores desceram para pegar a caixa enquanto o terceiro foi ao banheiro. Aliviado, porque agora a barra estava limpa, retirei o saco do carro e friamente abri o saco e a caixa, colocando os restos mortais dentro dela. Com nervos de aço, prendi a caixa à faixa grafitada com um pedaço de corda que estava em meu carro. Assegurando-me de que nada parecia estar fora de lugar, esperei e orei para que os fãs não precisassem usar nenhum dos acessórios de reserva antes do jogo começar, o que reduziria o efeito dramático necessário. Com um nível de calma ainda mais alto, levei o saco de volta para o carro e reencontrei meus colegas. Depois, fui para casa, removi todos os vestígios do carro e enterrei o saco em um canto do pátio. O último passo era devolver a viatura à sede da polícia, onde aguardei para ouvir a notícia e receber a intimação.

A próxima sequência de eventos foi mais complicada, superando todas as fobias da minha infância.

Caso você esteja se perguntando se suicídio era minha intenção, deixe-me responder que não. Caso contrário, por que eu teria tomado todas essas precauções?

De qualquer forma, vamos retomar a história.

Minha principal preocupação neste ponto era confundir todos e tirá-los dos trilhos.

Superficialmente, condenei, em alto e bom som, o assassino de Obeidan e jurei pegá-lo.

Desorientei minha equipe de várias maneiras. As perguntas que lhes disparei, junto com a ajuda dos arquitetos para descobrir como o cadáver entrou no estádio, minha insistência em pegar o perpetrador, as atribuições de tarefas, a intensificação das reuniões, a análise lógica do caso, o pedido de instalação de câmeras de segurança no estádio, o comportamento sério, os interrogatórios implacáveis, tudo serviu para confundir os que me rodeavam.

O primeiro obstáculo apareceu quando eu estava lendo os relatórios do meu colega antes do início das reuniões. Na tentativa de motivá-lo, Moussa foi além do dever e, para minha surpresa, descobriu informações bancárias do irmão de Obeidan que pensava que apenas eu sabia. Este era um terreno perigoso, devido ao cheque de 50.000 (feito por Obeidan para mim). Eu me perguntei se Moussa estava prestes a atrapalhar meu plano tão bem arquitetado. Aproveitando o forte envolvimento do coronel Zakaria no caso, sugeri que enviasse Moussa para a Índia, tirando-o de cena por algum tempo, até que eu reconfigurasse meu plano. Fiz questão de dar essa sugestão antes que Moussa tivesse chance de revelar os detalhes bancários.

Superficialmente, Moussa parecia estar no encalço do assassino, mas na realidade, era o contrário. Nem o motorista, nem seus parentes, nem parte alguma da Índia tiveram alguma coisa a ver com o crime. Era bem simples, o verdadeiro assassino estava na aldeia que tinha se transformado em uma selva.

Para meu pai e toda a aldeia, eu passava a ideia de estar bastante ocupado. Por outro lado, para meu primo, dei a impressão de que estava totalmente absorvido nesse caso difícil, cujos detalhes não tinha a liberdade de revelar, nem tinha tempo de me atualizar nas redes sociais. Todas essas manobras me deram tempo e oportunidade para cobrir meus rastros e amarrar todas as pontas soltas.

O segundo revés veio do nada. O envolvimento de meu pai no caso, apesar de aposentado, cujo pedido de relatório da Inteligência poderia ter acusado seu filho. No entanto, minha destreza em cobrir meus próprios rastros, que não era menor do que minha experiência em rastrear criminosos, permitiu que eu escapasse por um triz.

Para evitar receber um terceiro golpe, tomei uma atitude proativa em tirar as pessoas do meu caminho, tendo em mente as palavras de "parar o coração" proferidas pelos meus colegas tais como "engano", "o vilão está por perto", e "estamos a um passo de resolver o quebra-cabeça" (do qual fui o arquiteto e a solução). Me recompus, evitando com sucesso que minha ansiedade se projetasse em meu rosto.

Então, o que fiz?

Dizem que o dinheiro pode comprar qualquer coisa. No entanto, na minha opinião, não é bem assim. O dinheiro apenas fornece os aspectos materiais como subornar uma testemunha para dar falso testemunho.

Em um dos muitos casos em que trabalhei, ouvi o depoimento de um indivíduo excêntrico que trabalhava em uma fábrica de borracha. Lembrando de sua aparência e comportamento cômicos, decidi que essa pessoa seria útil para mim. Encontrei-me às escondidas com a suposta testemunha, e ele não me desapontou. Fiz um acordo com ele e o paguei, fazendo-o memorizar as falas que diria à equipe investigativa (na verdade, ele não tinha ido à partida, mas era fácil falsificar as datas do bilhete eletrônico). O homem atuou com brilhantismo e depois sumiu.

Não vou negar que ficava completamente assustado com todos ao meu redor: com os investigadores e até com os objetos inanimados. O que mais me deixava paranoico, entretanto, era uma senhora que se chamava Martiza bint Maradona, também conhecida como Moza bint Mourad (você a conhece, claro, porém devo continuar lembrando-o que escrevo para outras pessoas também?). Não é que ela seja uma mulher maléfica — pelo contrário, mas sendo a criatura viva mais velha da Terra, tinha uma visão profunda da alma humana.

Por esse motivo, tentei evitar que qualquer informação chegasse a ela, pedindo ao meu primo que fosse discreto. A ideia era evitar chocá-la nessa idade (com toda a franqueza, eu estava me protegendo de ser exposto a ela e ao mesmo tempo tirando vantagem de sua reclusão). Essa era a primeira tática. Outro incidente foi quando nos encontramos com o coronel Zakaria na cafeteria da aldeia e saí de imediato, sem parar em sua casa para cumprimentá-la, como de hábito. Eu tinha uma desculpa infalível, a de estar muito ocupado com o caso problemático no qual estava trabalhando.

Um risco segue o outro, não é mesmo? Talvez você nunca tenha ouvido isso antes, mas eu criei esse ditado, então registre-o em livros sobre como governar um povo. Acho que é mais adequado.

A segunda situação de risco foi quando facilitei a intimação para trazer Mansour, o irmão de Obeidan, para interrogatório. Eu, facilmente, poderia ter atrapalhado esse procedimento pelo motivo óbvio de que queria ter certeza de que Mansour não suspeitaria da pessoa que o pegou no crime original. (Você se lembra do incidente do hotel, não lembra, quando Mansour estava sentado com seu irmão no café?)

Mansour me ajudou mais do que imaginava. Na verdade, sua personalidade assertiva e suas respostas evasivas (que ele sabia que eu sabia que eram mentiras) foram fundamentais para atingir meu objetivo, que era confundir a equipe. Levando as coisas um passo a diante, Mansour levou o interrogatório para uma direção completamente diferente, sem por um momento suspeitar do meu papel no assassinato de seu irmão, como ficou evidente em nossa conversa. Mas as declarações feitas, enquanto mal olhava para mim, foram fundamentadas em conluio. Ou seja, ele precisava de mim para esconder o passado nefasto do irmão, inclusive me subornando para não o expor. Nesse sentido, Mansour foi um acessório brilhante para minhas maquinações.

A loucura não tem limites. Após tanto tempo associado ao crime, adquiri a mentalidade de um criminoso. De acordo com minha moral, um cúmplice de quarenta crimes, por exemplo, está em pé de igualdade com o perpetrador. Não tenho nenhuma evidência estatística para apoiar minha afirmação. Isso de fato importa? Um número relacionado a um homem já falecido envolto em mistério não tem importância. A questão é que, pelos motivos descritos aqui, tive a ideia do corpo de cera para desviar a atenção de meus colegas.

Mas de onde tirei inspiração para essa ideia?

Durante o período em que passei no exterior estudando e fui preso, fiz amizade com um guarda que desempenhou um papel importante na minha eventual libertação. Sabendo que escrever era o elixir da minha vida, essa pessoa arriscou seu emprego contrabandeando lápis e papel para mim. Mais abertamente, ele me ensinou e aos meus companheiros internos a fazer bonecos de cera, como parte de nosso programa de reabilitação. Usando fotografias como guia, modelamos bonecos semelhantes a certos policiais e políticos. Nosso trabalho manual foi depois vendido em exposições de arte locais, em estandes presididos por uma equipe feminina de policiais. Os lucros voltaram para nós? Certamente não! Eles foram para a administração do presídio, ou melhor, para reforma e manutenção do presídio.

Tornei-me adepto do uso de ferramentas de mumificação, se esse é o termo correto. Devido à monotonia da vida na prisão, dominei rapidamente a habilidade. Mas espere. Corri um grande risco, pois posso ter mencionado essa atividade ao meu primo, Aref, durante nossas conversas na passarela. No final das contas, valeu a pena correr esse risco.

Comprei o equipamento essencial e demorei o tempo necessário para esculpir a figura e a atirei no poço, conforme planejado, após a meia-noite (aproveitando a aldeia adormecida), esperando que a aldeia fizesse essa descoberta mais tarde. Observando a expressão estupefata nos rostos dos aldeões, me fez perceber que era o suspeito mais improvável possível, o que me fez rir por dentro.

Mas não por muito tempo.

Durante uma de nossas intermináveis reuniões, meu pai sugeriu que escritores de ficção policial nos ajudassem a resolver o caso. Deduzi que essa sugestão foi fruto da imaginação de meu primo, que era formado em Letras, e não de meu pai, que era investigador aposentado. Dado o laço de sangue entre tio e sobrinho, isso era natural. Liguei para Aref, demonstrando raiva por meu pai não o ter reconhecido como a fonte dessa sugestão. Na verdade, minha raiva foi causada pela possibilidade de que meu pai poderia, involuntariamente, ter sido a causa da minha queda ao colaborar com aqueles autores, ou demônios, tudo por causa das consequências não intencionais da interferência de meu primo.

Na primeira vez, desviei da bala de meu pai, mas conseguiria escapar uma segunda vez?

Uma reunião via Zoom foi realizada com os escritores de ficção policial para aproveitar a experiência deles na resolução deste quebra-cabeças criminal.

Você consegue imaginar quanto meu crime me emponderou?

Fiz toda a força policial com todas as suas políticas e rodas burocráticas buscar ajuda nas fontes literárias! Consegui unir força policial com arte.

Que conquista impressionante!

Infelizmente, minha posição de força foi logo seguida pela minha queda.

A reunião começou. Um dos participantes, um escritor do Levante, baseando-se em uma de suas histórias, sugeriu maneiras de rastrear o criminoso. No entanto, o criminoso em questão estava na aldeia e não no livro deste autor. Ele então lançou uma interpretação intrigante de como o crime foi cometido, que chamou a atenção de todos e, ao mesmo tempo, me fez sentir completamente seguro.

O orador seguinte foi um escritor marroquino que solicitou que lhe dessem 24 horas para considerar todos os aspectos do caso antes de dar seu *feedback*. Meu pai, o general, o levou a sério. Quando ele o chamou de lado, fiquei bastante apreensivo. Usando meus próprios recursos, descobri mais tarde que o escritor marroquino avisou meu pai de que o criminoso estava mais próximo da equipe investigativa do que eles poderiam imaginar, o que fez meu medo crescer ainda mais, mas só pude assistir ao desenrolar dos eventos impotente.

Você pode estar se perguntando por que alguém como eu, que enfrentou tantas dificuldades no decorrer de meu trabalho, pode ficar tão assustado com as fantasias de um mero romancista.

Pesquisei um pouco sobre esse escritor, que pessoalmente coloquei na lista por ordem de meus superiores, então o que descobri?

Descobri que ele tinha conhecimento policial, que era bastante incomum nessa parte do mundo. No momento, fiquei paranoico.

"O assassino está mais próximo do que você imagina."

"O assassino está mais próximo do que você imagina."

"O assassino está mais próximo do que você imagina."

Essas palavras martelavam na minha cabeça, apresentando-me uma imagem mental da próxima reunião quando o escritor, auxiliado por seu senso de trabalho literário e policial, dramaticamente me exporia.

Como ele seria capaz de conseguir isso?

Quais provas ele tinha? Não sei.

Dizem que um criminoso quase sempre deixa uma pista, por mais insignificante que seja. Eu achei que era exceção a essa regra, porém comecei a me perguntar se o escritor havia notado algo que pudesse me incriminar.

Nenhum pensamento paranoico é tão atormentador quanto o de quem é culpado...

Não apenas paranoia nesse caso, mas remorso também.

Eu sofria de peso na consciência?

Claro!

Nos últimos dias, comecei a me sentir culpado por ter aplicado a lei da selva em vez de cumprir a lei.

Também me senti culpado, eu que nunca tinha machucado uma mosca sequer, havia tirado a vida de um ser humano.

Mas um erro leva a outro, como dizem...

Além disso, minha consciência estava desconfortável com o pensamento de tirar minha própria vida.

Dito isso, eu poderia ser a única pessoa que genuinamente se arrependeu antes mesmo de cometer o pecado. Tão pesado é meu fardo que o levarei comigo para a vida após a morte, minha morada atual enquanto você lê essa carta.

Por causa de meu sentimento de culpa ou apesar dele, decidi tirar minha própria vida, convencido de que o mal dentro de minha alma triunfou sobre minha melhor versão. Disse a mim mesmo que era melhor cometer suicídio do que ser confrontado com a vergonha de ser exposto ao meu pai e a toda aldeia. Também foi menos degradante do que ter o escritor apontando um dedo acusatório para mim durante a próxima reunião.

O escritor pode ter se reunido com a equipe e compartilhado uma ideia ridícula que não tem nada a ver comigo. Ou, agora, ele pode estar desfrutando um tajin tradicional com seus amigos em um restaurante local em Rabat, alheio ao capítulo final de minha vida. Em um momento fatal de fraqueza em que fui esmagado pelo rumo dos acontecimentos, abandonei meus princípios morais e me joguei no mesmo poço.

Mas por que o poço?

Para encerrar a história?

Claro que não. Nada disso importa mais.

Bem simples, este foi o primeiro modo de suicídio que me veio à cabeça devido às minhas frequentes visitas ao local.

Como fiz isso?

Não importa. O momento antes da morte é mais importante do que a própria morte? A causa da morte será revelada no relatório do legista, se você quiser saber os detalhes sórdidos.

No entanto...

A moral da história é mais importante do que o relatório do legista.

É de igual importância remover todas as suspeitas daqueles que poderiam ter sido acusados injustamente se eu tivesse ido para o túmulo sem dizer palavra.

Ainda mais importante, é que nenhum de vocês seja vítima de um crime como fui.

O altruísmo é possível mesmo na morte?

Talvez. Chame como quiser. Mas exorto todos vocês a não seguirem meus passos. Nada é mais articulado do que um desejo expresso além do túmulo.

Ouça e esteja avisado.

Dois erros não fazem um acerto.

Eu errei e cometi um crime.

Que Deus tenha misericórdia de minha alma, se Ele achar que deve. Não se preocupem com meu destino. Cuidem de seu próprio futuro e do futuro da aldeia e das próximas gerações.

Alegrem-se com as pequenas bênçãos concedidas a vocês e abracem todos os simples prazeres.

Reavivem o calor humano e a harmonia, a simplicidade e a inocência que fizeram de sua aldeia um lugar abençoado.

O abraço de titãs

Oemir e o investigador aposentado — os titãs e principais habitantes da aldeia, arquitetos da mudança e irmãos de sangue —, Abdel Malak e Jaber, caminhavam pelo corredor do hospital, mas em direções opostas. Este último ia verificar o sobrinho, enquanto o primeiro acabava de receber uma atualização sobre a condição de seu filho, que permanecia estável, embora não tivesse recuperado a consciência.

Sem pronunciar uma palavra, o tio abraçou o pai, que soltou um gemido baixinho, acompanhado de uma lágrima jamais presenciada:

— Não deveríamos ter nos apressado. Se tivéssemos ido mais devagar com as coisas, sem dar lugar à ganância, irmão!

Os dois irmãos deixaram suas lágrimas escorrerem para a posteridade e voltaram para casa.

A cicatriz

"Ele tinha uma capacidade surpreendente de extrair o melhor das pessoas más e o melhor das almas malignas. Fora isso, ele era uma nulidade."

Depois de longos anos ouvindo milhares de depoimentos e declarações de testemunhas, essas palavras não teriam sido tão dolorosas ao general Jaber, se não tivessem sido usadas para descrever seu próprio filho.

Sim, seu próprio filho.

Essas foram as palavras usadas durante um interrogatório informal com os colegas do falecido tenente. O general Jaber havia solicitado pessoalmente a aprovação do comandante em chefe para se juntar à equipe encarregada de encerrar o caso do suicídio de Marzouk, incluindo uma revisão de algumas questões identificadas em sua carta.

Até seu último suspiro, essas palavras permaneceriam gravadas em sua memória, como uma cicatriz em seu pescoço.

Uma árvore de carne e osso

O enterro, junto com as manifestações de luto e a recepção remota de condolências devido às restrições da Covid-19, bem como a abertura e encerramento do caso, reduzindo a pessoa a uma notícia de jornal, decorreram num período de uma semana. Logo em seguida, Moza bint Mourad faleceu, e Aref saiu do coma induzido pelo primeiro choque.

O segundo choque que o aguardava era a notícia de que Moza havia morrido e permanecia insepulta.

Aref foi, ele mesmo, checar. Quando chegou à famosa cadeira de Moza, recebeu outro solavanco.

No centro do assento havia uma cavidade recortada com precisão, como se tivesse sido desenhada por um compasso gigante, da qual se projetavam galhos gigantes de uma árvore, coberta por folhas alaranjadas crescendo na encosta rochosa da montanha. O espaço ocupado por essa árvore correspondia ao mesmo que fora ocupado pela falecida.

Era uma árvore estranha, como Aref nunca tinha visto na aldeia, em suas viagens ou em qualquer publicação da *National Geographic*.

Os galhos da árvore, projetando-se como dedos acusadores, estavam desfolhados, exceto por três flores laranja com letras árabes, como se escritas em sangue.

A primeira flor

Não se surpreenda.
Meu nome de nascença é Martiza Maradona.

Meu nome de casada, que você pode desconhecer, é Martiza Nixon.

O nome com o qual você me agraciou foi Moza bint Mourad.

A segunda flor

"Eu sou a criatura mais velha da Terra. Os anos que vivi são, em número, iguais às flores colocadas no túmulo número 88, por Aref, ao lado de meu pai, no cemitério da família em La Paz. Não há necessidade de transferir meu corpo para lá. As flores espalhadas sobre a sepultura vazia reservada em meu nome são suficientes."

A terceira flor

"Aquele que se casa com a sabedoria ganha parentesco com a paz."

— Provérbio boliviano

O santuário

Histórias e lendas se desenrolaram em torno da árvore de Martiza, que foi envolta por uma cerca e tornou-se uma atração turística.

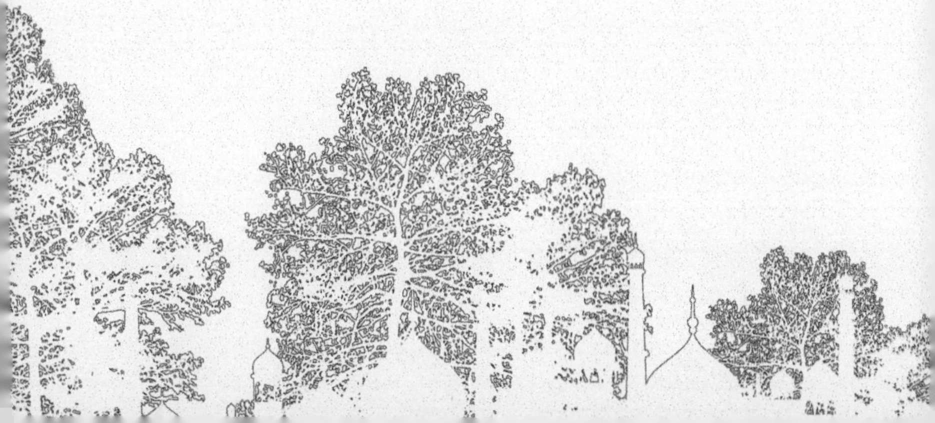

Fonte:
Georgia
Papel:
Cartão LD 250g/m2 e pólen Soft LD 80g/m2
da Suzano Papel e Celulose